오늘 밤은 너랑

소주 한잔 하고 싶어

오늘 밤은 너랑
소주 한잔 하고 싶어

글 이동진 | 그림 박혜

SNOWFOX

이 글이 삶에 지친 당신의 마음을 보듬어줄
작은 위로가 되었으면 좋겠습니다.

친할아버지는 돌아가시기 전 2년을 우리 가족과 함께 보내셨습니다. 온종일 방 안에만 누워 계시다가 식사 시간에서야 겨우 모습을 보이셨던 할아버지는 우리 네 식구에게 많이 미안하셨나 봅니다. 조용히 식사를 마치시고는 금방 다시 방으로 들어가시곤 하셨지요.

할아버지는 말씀이 별로 없으셨어요. 그래서 저는 2년 동안 할아버지와 나눈 대화가 많지 않습니다. 그런 할아버지가 하루는 옅은 미소로 저를 지그시 바라보시더니 짧은 한마디를 툭 내뱉으셨어요.

"말 없는 사나이. 우리 동진이는 말 없는 사나이야."

그리고 다시 고개를 숙여 식사하셨습니다.
할아버지의 그 말은 제게 남긴 유언이 되었습니다.

저는 어쩌다 말 없는 사나이가 되었을까요?

말이 없는 사람은 말이 없는 사람을 알아보는 능력이 있던 걸까요?

내 얘기를 귀담아듣지 않는 사람들과의 시간,

그리고 자신들의 이야기에 열변을 토하는 사람들 사이에서

저는 느꼈습니다. 세상엔 누군가의 이야기를 들어주는 사람이 많이 부족하다는 것을요.

그 후로 어느 자리에서 누구를 만나건 입보다는 귀를 열기 위해 노력했습니다. 나라도 그래야 할 것 같았습니다.

왜 그렇게 말이 없냐며 구박을 당할 때도 있었지만, 아무도 관심 없는 이야기를 늘어놓느니 차라리 듣는 게 마음이 편했습니다.

내 입과 마음은 그렇게 닫히고 그렇게 다쳤습니다.

친구들과의 술자리에서 내가 의지하고 기대던 건 친구가 아닌 술이었습니다.

"너는 나랑 참 비슷한 점이 많아."라고 말을 듣고 싶었습니다.

그리고 어딘가에 있을 또 다른 나를 위해 세상에 내가 살았던 흔적을 조금이라도 남기고 죽고 싶었습니다. 세상을 살면서 내가 느끼고 깨달은 것들. 사랑하는 가족, 사랑했던 사람, 그리고 기억에서 잊히지 않을 만큼 행복했고 가슴 아팠던 모든 일을 남기고 싶었습니다.

미련 없이 죽고 싶었고 그 이유로 썼습니다.

결국 나의 모든 치부가 담긴 이 책은, 죽고 싶어서 쓰기 시작한 셈입니다.

나는 아직 평범함의 기준을 정확히 알지 못하지만 평범한 삶을 사는 사람들이 부러웠습니다. 불행은 늘 내 곁에만 있는 듯한 기분이었습니다. 그런데 불행들을 용기 내서 하나씩 꺼내 보니 이거야 말로 지극히 평범한 삶이었다는 걸 알게 됐습니다.

그때부터 나의 모든 아픔을 세상에 꺼내는 것이 두렵지 않았습니다.

세상은 생각보다 내게 관심이 없었고 아픔은 생각보다 별 게 아니었습니다.

나는 부디 모든 사람이 생각보다 별 거 아닌 것에 아프지 않길 바라는 마음입니다.

그리고 이 책을 모두 읽는 그 순간,
생각나는 누군가와 술 한 잔 하고 싶은 그런 따뜻한 밤으로 기억되길 바라는 마음입니다.

　　　　　− 오늘도 다를 바 없이 쉽게 잠들지 못하고 있는 동진이가

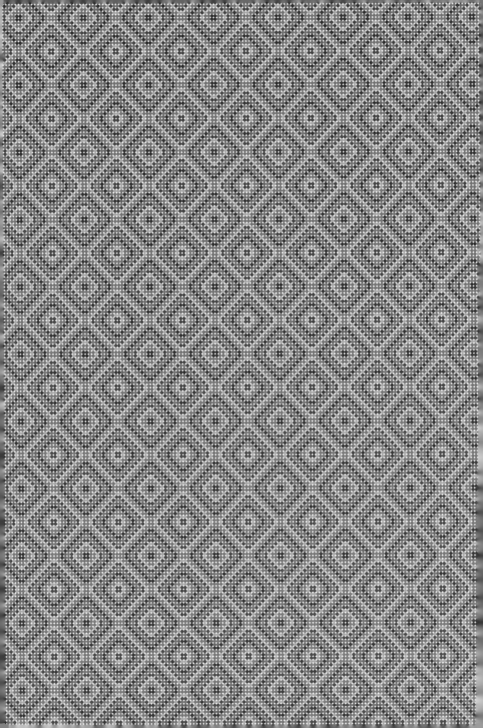

contents

part 01 너는 나를 사랑하느라 참 많이도 애썼다

part 02　이별하고 다시 만나고 영영 너를 잃는 데까지…

part 03　가끔 웃음도 눈물이 된다

part 04　구름 한 점 없이 맑아도 슬픈 날이 있다

너는
나를 사랑하느라
참 많이도 애썼다

아우라

구름에 반쯤 가려진 태양은
내가 걷는 길에만 햇살을 비춰줬고
그녀가 걷는 길은 그늘 길이었다.

나는 그녀가 추울까 이쪽으로 오라 했고
그녀는 내 눈이 부실까 이쪽으로 오라 했다.

어느 쪽도 좋았던 내가 그녀 옆으로 가자
서서히 구름이 걷히고 눈이 부시기 시작했다.

너에게

너는 나를 사랑하느라
참 많이도 애썼다.

너에게 내가 잘못한 게 없어도
네가 나를 사랑했다는 이유만으로
너에게 나는 참 많이 미안했다

. . . . . .

네가 웃으면
나도 웃었고

네가 울면
나도 울었다.

네가 아프면
나도 아팠고

네가 죽으면
나도 죽으려 했다.

그런 네가 떠났고
나는 여기 남았다.

네가 없으니
이제 나도 없다.

너는 나를 사랑하느라 참 많이도 애썼다

다 버리고 널 만난 건데

날 버리면 어떡하니.

인연

어떤 식으로든
관계가 끝난다는 것은
참 쓸쓸한 일인 거 같다.
온 몸에 퍼졌던 사랑의 감정이
어느 순간 천천히 그 빛을 잃어가다
더 이상 서로가 환희가 돼 주지 않게 됐을 때.
사랑은 끝난다.

심장이 식어 끝난 사랑이
뭘 그리 애절하고 슬프겠냐 말할 수도 있겠지만.

그 찬란했던 순간이

더 이상 둘 사이에 머물지 못하고

사라져 버린 그 사건을 서글프다 말할 수 있을 만큼

이제 나는 철이 들었나 보다.

인연이 끝나버리면 또 다른 인연으로

다시 시작될 거라 말하는 이도 있다.

하지만 그 본연의 색을 잃고

다른 빛깔로 채워져 버린 두 사람의 인연은

아무래도 슬프다.

하나 둘 나이가 쌓일수록

사랑이 어려워지는 까닭인가 보다.

너는 나를 사랑하느라 참 많이도 애썼다

새들의 노래

어제는 오랜만에 온종일 비가 내렸다.
한동안 가득했던 먼지를 씻어주었고
메마른 땅을 촉촉하게 적셔주는 고마운 비였다.

아침에 일어나 창문을 활짝 열었다.
비가 내린 다음 날은 언제나처럼 맑다.
내 방에 있는 작은 식물은 햇빛을 향해
몸이 한껏 기울어져 있었다.
반대쪽 잎사귀들도 햇볕을 그리워할 거 같아 반대로 돌려주었다.

'짹짹~ 짹짹~' 창밖에서는 새들이 지저귀는 소리가 들려왔다.
어제는 듣지 못한 소리였다.

너는 나를 사랑하느라 참 많이도 애썼다

문득, 비가 많이 내린 어제.
이 많은 새들은 어디에 숨어있었는지 궁금해졌다.
길고양이들은 차 밑이나 지하주차장 같은 곳에 몸을 피하겠지만
새들은 어디로 숨었기에
비가 오는 날마다 모습을 보이지 않았던 걸까?

비가 오는 날이면 집이 있는 새들은 둥지로 들어가 몸을 숨기고
비에 젖으면 날지 못하는 새들은 나무가 많은 숲속으로 날아가
비가 그칠 때까지 최대한 몸을 움츠려 비를 피한다고 한다.

고작 몇 년밖에 되지 않는 그 짧은 수명에
온종일 비를 피하는 새들의 하루는 얼마나 길고 힘들었을까.
비가 갠 다음 날, 몸에 묻은 빗방울을 훌훌 털고
다시 하늘을 나는 새들이 고마웠다.

어제는 보이지 않던 작은 새들이
오늘은 힘차게 노래를 부르고 있다.

우리에게도 비는 내린다.
하늘에서 내리는 비가 아닌
여러 가지 모습으로 나타나
마음을 움츠러들게 하는 비.
그 시간은 길고 고통스럽다.
그러나 우리에게도 비를 피할 수 있는
사람으로 된 집이 있다.

아픔을 훌훌 털고
다시 일어날 용기를 주는 사람으로 된 집이 있다.

나는, 당신은, 그 집을 갖고 있을까…?

너랑 소주 한잔 하고 싶어

있잖아. 잘 지내?

갑자기 미안해.

다름이 아니라 네가 자꾸 생각나.

잘 지내는지.

아픈 덴 없는지.

혹시 내 생각 나지는 않니?

너무 보고 싶어!

이런 나 우습지?

이제 와 이렇게 널 다시 찾는다는 게⋯.

용기 내 본 거야.

잠깐 가도 되니?

한 번만 볼 수 있을까?

사실 난 못 지내.

그리고 여전히 미안해.

화내도 괜찮아.

그때가 자꾸 생각나.

이제 괜찮은지, 아픈 덴 없는지.

혹시 내 생각이 나지는 않니?

너무 보고 싶어.

이런 내가 밉지?

이제 와 이렇게 널 다시 찾는 게.

용기 내 본 거야.

잠깐 가도 되니?

한 번 만날 수 있을까?

너는 나를 사랑하느라 참 많이도 애썼다

다시 태어난다면

'다시 태어난다면...'

나 역시 마찬가지며 누구나 한 번쯤 해봤을 상상.
아직 해본 적 없다면 죽기 전에 언젠가는 반드시 하게 될 상상.

현실에서 벗어나고 싶어지거나 지금의 나보다 더 잘난,
어쩌면 조금 더 나은 내가 되고 싶을 때 하는 상상.
후회나 미련, 또는 무념무상의 상태에서 하게 되는 상상.

이 허무맹랑한 상상이
자신을 위로하는 동기부여라 믿는다면
반대의 경우를 상상해본 적은 있는지 묻고 싶어진다.

지금 내가 사는 삶이,
다시 태어난 누군가의 삶이라면? 이라고 말이다.

일어날 수 없는 무의미한 상상을 하는 것보다

다시 태어난 누군가의 소중한 삶을

또 한 번 망치지 않기 위해

지금 당장 노력하는 편이 더 현명하지 않을까.

그렇게 생각하면 후회와 현재의 불만족으로 시작된

이 중독적인 상상을 멈출 수 있게 되지 않을까?… .

너는 나를 사랑하느라 참 많이도 애썼다

아무것도 안해도 괜찮아.

왜 그런 줄 알아?

넌 아무것도 안 할 사람이 아니거든.

당 연 한 건 없 다

추운 겨울은 멈출 줄 몰랐다.

그제도 추웠고 어제도 분명 추웠다.

하루 만에 계절이 변할 거로 생각하지 못 한 나는

오늘도 당연히 겨울이라 생각했다.

옷을 하나씩 차려입고 두툼한 외투 하나를 걸치고 집을 나섰다.

조금 걷기 시작하자 땀이 나기 시작했다.

겨울이 아니었다. 분명 봄이었다.

봄이 반가웠지만 아무 예고 없이 사라진 겨울이 야속했다.

외투를 벗어 손에 들고 걸었다.

외투는 하루아침에 아무런 가치도, 쓸모도 없는 짐이 되어버렸다.

겨울을 보낼 준비와 봄을 맞이할 준비를 하지 못한 대가였다.

그러고 보니,

당연히 내 옆에 있을 거라 생각했던 너도

지금 내 옆에 없는 걸 보면

난 너에게 아무런 가치도 쓸모도 없는 사람이……

되어버렸다….

사람의 마음에는

도무지 당연한 건 없는가 보다.

앞으로

뭐… 해먹고 살지?

뭐해? 먹고 살지…

서른이 넘도록 풀리지 않는
숙제.
그저 먹고 살 수만 있으면
다행이려니.

걱정하지 마!
뭐든 될 테니까!

인생의 의미

인생의 의미, 삶의 의미는 뭘까.
선뜻 답이 내려지지 않는다.

어떤 질문에 명확한 답을 내리지 못하는 건
어쩌면 질문이 잘못된 것일 수 있다.

그래서 다시 질문해본다.
인생의 의미는 무엇일까. 가 아닌
내 인생에 어떤 의미를 부여할까. 로.

그리고 나니 전혀 다른 두 개의 질문이 된다.

그렇다.

삶은 누군가 나에게 이름을 붙여주는 것이 아니라

내가 스스로 의미를 부여하는 것이다.

우리는 삶의 많은 순간에 남의 시선을 의식한다.

저 사람들은 나를 어떻게 생각할까.

저 사람은 내 인생에 어떤 꼬리표를 붙여줄까라고 말이다.

하지만 이런 생각을 하며 살고 있다면,

이건 내 삶을 사는 게 아니라

남이 원하는 삶을 사는 것이다.

- '대화의 희열' 속 대화 中

진짜 모습

20년도 넘은 오래된 친구가 있다.
너무 오래 봐서 별다른 연락을 하지 않아도
서로 서운해 하거나 어색하지 않은 친구.

나는 그 친구가 친한 친구이며 소중한 친구라 생각했다.
그동안 쌓아온 우정이 그만큼 높은 신뢰를 쌓았기 때문이다.
20년이 훌쩍 지나고 우연히 그 친구의 사생활에 대해
알기 전까지만 해도.

주차 문제로 70세가 넘은 어르신과 언성을 높이며 싸우고
운전 중에 욕설은 기본이며 신호 위반을 밥 먹듯 하는 그 친구는
심지어 한 가정의 가장이자 두 아이의 아빠였다.

내 앞에서는 한없이 착하던 그 친구가
세상에서는 작은 악마처럼 보였다.

그 친구를 사람들에게 당당히
'친한 친구라고 할 수 있을까'하는 의문이 들었다.

나와 오래됐고 잘 알고 친하다고 해서
무조건 좋은 사람은 아니다.

상대에 대한 내 감정의 깊이를 정확히 알고 싶다면
그 사람과 나의 관계만이 아닌
그 사람 자체를 봐야 했다.

그런 사람이 있었으면

어스름한 저녁.

하루가 끝나가는 시간.

모두들 제자리로 돌아갈 채비에 바쁘다.

천천히 일어나 주섬주섬 자리를 정리하는 내 손길은 게으르게
움직인다. 저녁때가 됐으니 적당히 배도 고프고 돌아갈 집도 있다.
하지만 짐을 챙기는 내 손은 여전히 느리다.

주말.

아마 모두들 약속이 있겠지?

이 저녁. 그저 편하게 같이 있고 싶은,

특별한 근황을 들려주지 않고도

소주 한잔 서로 따라 주고 싶은,

친구가 있었으면….

그러면서도 왠지 갑작스레 '만나자'라고 하자니

민폐가 될까 걱정이 앞선다.

용기를 내본다.
몇 가지 전화를 건 핑계거리도 미리 계산해 본다.

"여보세요?"
"응. 나야. 뭐해?"
그러자 친구가 말한다.

"어디로 갈까?"

주말 저녁.
퇴근 시간이 지날 무렵, 전화를 건 내 마음을 읽어 낸 친구.
이 시간에 전화를 걸었다는 건
쓸쓸하다는 무언의 메시지라는 걸 알아챈 친구.

"무슨 일 있어?"가 아니라
"어디로 갈까?"라고 단번에 말해주는 친구.

그런 사람이 있었으면 좋겠다.

너는 나를 사랑하느라 참 많이도 애썼다

나에게도 그런 사람이 있었으면...

존재만으로도
감사할 수 있는 사람을

사람의 존재 자체에 감사하게 될 수 있는…
그런 상대를 만날 수 있을까…

그 사람이 세상에 있고
나와 같은 시간에 존재한다는 것만으로
축복이 돼 줄 수 있는 사람을….

만약 그런 사람을 얻게 된다면,
그런 사람을 얻은 그 누구라도…

굉장히 깊은 단계의 축복을 받고
세상을 살게 된 행운아가 아닐까….

세상의 모든 좋은 기운을 품고

그 어떤 슬픈 일, 아픈 일도 생기지 않았으면 하는 사람.

죽을 때조차 보고 싶어서

눈 감는 게 싫어지는 사람을 만날 수 있을까.

그 말도 되지 않는 꿈을 꿔본다….

사랑에 완성은 없는 거라고 한다.

사랑은 과정에 있는 것이지,

사랑을 느낀 그 순간 매듭지어져 결정된 게 아니라고.

그를 얻었다는 안심보다

존재 자체에 감사할 수 있는 사람을 만날 수 있을까.

만약 그런 누군가를 만난다면,

그건 무한한 감동이고

감사함 그 자체일 듯하다.

내 자신의 존재보다
그의 존재에 감사합니다…를
읊조리게 만드는 사람.

곁에서 고운 숨이 나오게 해 주는 사람.
나에게 그런 사람이 있었으면….

너는 나를 사랑하느라 참 많이도 애썼다

베스트 드라이버

운전을 잘하는 사람은
능숙하고 빠르게 달리는
사람이 아니라

옆에 있는 사람을
불안하지 않게 하는 사람이야.

사랑도 마찬가지고.

만난 적도 없지만
만나고 싶은

한 번도 보지 못한 누군가를 그리워한다.

이 외로움을 없애줄 것 만 같은 사람.

어디 사는지, 누구인지,

나이도 알 수 없지만

왠지 이 세상 어딘가에서

그도 나를 찾고 있을 것만 같은 그리움을 안겨주는 이가 있다.

그 역시 외딴 섬에 있는 사람처럼

세상 속에서 나를 그리워하고 있을 것 같은 그런 사람이 있다.

내가 태어나기 전에 먼저 하늘나라로 떠났다는 누나처럼….

나이 들어 내가 하늘에 가게 된다면

누나는 다 자란 어른이 돼 있을까?

이름도 모를 그리운 그 사람은 언젠가는 나를 만나러와 줄까?

나이 들어 그를 만나게 된다 해도

나는 그를 알아볼 수 있을까….

보내주는 법

이별을 겪어본 사람은 안다.

그 슬픔의 크기를.

그 대상이 사람이든, 동물이든, 식물이든,

여기보다 더 좋은 환경으로,

나보다 더 좋은 조건의 사람에게

떠나보낸 적이 있는 사람이라면….

비록,

나 자신이 비참하고 초라해져도

다른 사람 품에서

더 행복하게 지낼 수만 있다면….

잡고 있던 손을 기꺼이 놓아줘 본 적이 있는 사람이라면.

좋은 너

너는 나만 믿어.

내가 너 꼭 책임질게.

이 다짐 하나만 변하지 않는다면

우린 평생 함께할 수 있을 거야.

좋은 집, 좋은 차, 좋은 옷이 뭐가 필요해.

좋은 너가 있는데.

사랑과 우정 사이

친구로 남겨두면 평생 볼 수 있지만
좋아한다고 고백하자니
거절 당하면 서먹해질 것 같고

연인이 된다 해도 언젠가 헤어지게 되면
다시는 볼 수 없게 될 텐데

좋아하는 마음을 숨긴 채
평생 친구로 바라보는 게 맞는 거니.

아니면,
다신 보지 않을 수 있다는 각오를 하고
좋아한다고 고백하는 게 맞는 거니?

러브 어페어

고작 3일이다.
심장을 내어주고
내어준 그 자리에 상대의 심장이 들어와 자리 잡은 시간은….

그럴 수 있을까….
현실에서도 그런 일이 가능할까…?

모두가 그런 강렬한 사랑을 꿈꾸고 있는 건 확실하다.
아마도 로망쯤일 거다.
누구나 기억하는 영화가 됐다는 건
모두의 바람을 기막히게 맞췄다는 것도 되니까…

나는?

당신은?

그럴 수 있을까?···.

내 사람을 알아볼 수 있을까?

그를 위해 삶을 바꾸고 인생의 궤적을 바꾸고

확신에 찬 걸음을 걸을 수 있을까···.

보란 듯 비단길을 버리고
예측할 수 없는 미지의 미래라도
혼돈 없이 걸음을 뗄 수 있을까?

너는 나를 사랑하느라 참 많이도 애썼다

비가 온다

비가 온다.

술 한 잔과 맛있는 음식이 먹고 싶던 참에
너랑 같이 가던 맛집이 생각났다.

입이 궁금한 건지.
네가 궁금한 건지.

아무튼,
비가 온다.

너는 나를 사랑하느라 참 많이도 애썼다

해와 별의 차이점

너를 이행하느냐,
너와 이별하느냐.

결과는 수억 광년의 차이.

part 02

이별하고 다시 만나고
영영 너를 잃는 데까지…

운명이란
이미 정해진
신호등 같은 걸까?

이미 정해진 운명

내가 좋아하는 일과 좋아하지 않지만 할 수 있는 일 사이에서의 선택은 마치 엄마와 아빠 중에 누가 더 좋으냐는 질문과 버금가는 고민일 것이다. 그리고 지금 이 순간에도 많은 사람들은 이런 고민을 하고 있을 것이다.

그 어려운 선택 앞에서 나는 고민할 새도 없이 너무 이른 나이에 내가 좋아하는 일을 택해버렸고 그 선택에는 대가가 따랐다.

춤을 추겠다는 선언으로 17살부터 용돈을 받지 않았다. 자존심도 강했던 때라 한 번 내뱉은 말은 무슨 수를 써서라도 지켰다. 돈이 없으면 굶어가며 춤을 췄다. 젊음이라는 무기에 무서울 게 전혀 없었다. 문제는 20대 중반, 그동안 해오던 춤을 그만두고 군대에 다녀오고부터였다. 군 복무 2년 동안 전역 후의 삶에 대해 많은 생각을 했다. 이미 방송 댄서 생활에 이골이 났던 나는 다시 춤 출 생각이 없었다. 그러니 자연스레 전역 후의 새로운 진로에 대한 고민을 하루에도 수십 번씩 했다.

그렇다고 다른 직업을 선택했다면 달랐을까.

잘 모르겠다. 다만 이제는 그 때의 선택을 후회하지 않기로 했다. 지금 나는 춤을 통해 얻은 다양한 경험들을 바탕으로 또 다른 일을 찾고 도전하고 있다. 춤은 나에게 좋은 동료들을 남겨주었고 그 안에서 많은 웃음과 눈물 그리고 사랑과 살아가는 법을 알게 해주었다. 세상 어디에도 소외된 직업은 없다는 것도 알게 됐다. 비록 아무도 알아주지 않는다 해도 누군가에게 꼭 필요한 일이라면 그것은 이미 주인공이나 다름없다는 것도 알게 됐다.

서른,

나는 세상에 다시 태어났고

서른여섯,

또 한 번 주어진 삶을 바라보는 시선은 이제 완전히 달라졌다.

이별하고 다시 만나고 영영 너를 잃는 데까지…

두 번째 팀
그리고
첫사랑

.

내가 처음 이성에게 좋아하는 감정을 느꼈던 것은 열 살 때 같은 반 여자 아이다. 하지만 그건 말 그대로 사전적 의미일 뿐인 나의 첫사랑. 언제 어느 순간이건 첫사랑이 누구였는지 물으면 고민할 새도 없이 가장 먼저 떠오르는 단 한 사람, 2003년 여름 스무 살 눈부시게 빛났던 그녀가 나에겐 첫사랑이다.

보잘 것 없는 댄서인 나를 좋아해 줄 거라고는 기대도 하지 않았다. 기대가 없었기 때문에 잘 보이려고 노력하지 않았고 그래서 더 편하게 친구로 지낼 수 있었다. 그녀는 모 방송국에서 VJ로 활동하고 있었다. 그녀가 진행하는 프로그램에서 마침 우리가 안무준비 중이던 가수의 댄서가 되는 체험 프로그램을 맡아 함께 연습을 하게 된 것이다. 체험 방문으로 한 달 간의 연습을 모두 마치고 함께 무대에 오르는 날. 의상을 갈아입고 녹화를 기다리고 있는데 바다 누나가 우리에게 한 마디 툭 던졌다.

"야, 너희 둘이 잘 어울린다. 한 번 만나봐!"

순간 어색해진 분위기에 우린 눈이 마주쳤고 볼이 뜨거워졌다. 나야 영광이지만 그럴 일은 없을 거라며 농담처럼 웃어넘겼다. 하지만 누나의 그 말은 하루 종일 머릿속에 맴돌았다. 며칠이 지나 연습실이 아닌 곳에서 다른 옷차림으로 만난 그녀는 더욱 빛났다. 애써 태연한 척 최대한 자연스럽게 대하려 노력했지만 그녀는 나의 떨리는 마음을 이미 알고 있는 듯 했다.

그녀가 맡은 프로그램은 끝이 났고 더 이상 볼 일도 없었다. 거절당할 각오도 돼 있었다. 쓸데없는 자존심은 충분히 지켰을 때였으니까.

어떤 말로 고백을 했는지는 정확히 기억나지 않는다.
하지만 그녀는 나의 고백을 받아주었고 그렇게 우리의 연애는 시작됐다. 세상을 다 가진 게 이런 기분이구나 싶었다.

어딜 가도 데려가고 싶고 누굴 만나도 자랑하고 싶은 사람.
그런 사람이 내 사람이라니.

그리고 너무나 아름다웠던 3년 간의 사랑.
나의 그녀는 내게 3년이라는 길고도 짧은 시간의 사랑이 돼 주
었다.

첫 눈

너와 처음 눈을 마주보던 날,

수줍게 미소 짓던

너의 표정이 아직도 선명해.

정말 예뻤거든.

지금 내리는 첫 눈보다.

이별 그리고 재회

3년의 사랑.

내 생에 가장 아름다웠던 시간.

어떤 누가 믿을까.

스물 한 살의 혈기왕성한 남녀가 3년간 연애 동안

단 한 번도 싸우지 않았다면.

다시 생각해보면 차라리 가끔은 싸워도 볼 걸.

적당한 배려는 약이지만 과하면 독이라는 것을 뒤늦게 깨달았다.

나는 나대로 그녀는 그녀대로 가득했던 삶의 고충들.

일, 사랑, 가난, 그리고 가족.

지칠 대로 지쳐있던 어린 시절 우리 두 사람.

그녀와 헤어지고 가장 나아진 건,

더 이상 서로의 힘든 모습을 볼 필요가 없어졌다는 것.

잘 해결되겠지.

곧 행복해지겠지.

마음속으로 바랄 수밖에 없는 바람뿐인 그 때 우리.

일 년에 한두 번 정도 전화로 안부를 묻게 된 우리.

참 많은 것들이 궁금하지만 묻지 않게 된 두 사람.

서로의 건강한 목소리와 부모님의 안부를 묻는 것이

전부가 돼 버린 사이.

20살, 우리가 만났을 때.

24살, 우리가 헤어진 나이.

37살 지금.

13년. 너를 다시 만나기 까지.

여러 번 안부를 묻지만 밥 한 번 먹자는 약속은

지켜지지 않았던 기간.

이별하고 다시 만나고 영영 너를 잃는 데까지…

"이번엔 진짜 만나자!"

성수동의 한 중식당. 약속 시간보다 먼저 도착했다. 문득 16
년 전 그녀를 연습실이 아닌 곳에서 처음 만난 그날이 떠올랐다.
내 안에 아직 그녀에 대한 설렘이 남아있었다. 약속 시간이 되고
차에서 내리며 나를 향해 손을 흔드는 그녀를 보자 나도 모르게
미소가 퍼졌다. 반가웠다. 드디어 그녀와 마주 앉았다. 13년 만
에 만났다는 게 믿기지 않을 만큼 편했다. 그리고 무엇보다 그녀
는 여전히 아름다웠다. 식사를 하며 그동안 쌓인 많은 얘기를 나
눴다. 연애부터 부모님의 안부까지 시간이 어떻게 흘러가는 줄
도 몰랐다. 식사가 끝날 때 쯤 그녀가 갑자기 영화를 보러가자고
했다. 나와 밥을 먹고 영화를 볼 계획이었다고 했다.

13년 만에 만나서 영화라. 나쁘지 않았다. 그녀의 그런 통통 튀
는 매력은 여전했고 소극적인 나는 그런 모습을 좋아했다. 그녀와
함께 왕십리 CGV로 가서 영화를 봤다. 옛 기억들이 떠오르며 그
때로 돌아간 것만 같았다. 영화가 끝나고 출구로 나오는 많은 연
인들 사이에서 우리 모습도 여느 연인과 다를 게 없었다. 다만 잡
고 싶은 그녀의 손을 내 맘대로 잡을 수 없다는 상황만 다를 뿐.

그녀는 나를 집까지 데려다주고서야 돌아갔다. 그 후로 우리는 자주 만났다. 그녀의 어머니도 다시 찾아뵈었고 우리 아빠 칠순잔치에 그녀가 와주기도 했다. 오래전부터 우리 사이를 응원해주던 친구도 다시 만난 우리를 보며 운명이라고 부추기며 응원했다.

정말 운명이라 생각했다. 그동안 또 다른 많은 연애를 했지만 마음 한 구석에 늘 그녀가 존재했다.

내 마지막 여자이길 바랐다. 내가 그녀를 책임질 수 있는 모든 상황이 준비돼 있다면 단 1초의 고민 없이 프러포즈 했을 나다. 그러나 나는 13년 전과 크게 다르지 않았다. 나는 여전히 아무 준비가 돼 있지 못했고 그녀 역시 해결되지 않은 많은 일로 여전히 힘들어 하고 있었다.

13년이 지났지만 우린 그때와 달라진 게 없었다.

그녀를 다시 만난 기간은 6개월이다. 그 시간 동안 우리는 예전처럼 행복했지만 무언가 확실하게 맺어진 사이가 아니란 게 늘 마음에 걸렸다. 그러던 어느 날 누군가 그녀에게 소개팅을 제안

했다. 그녀는 자신을 붙잡아주길 바라는 마음으로 내게 이야기했다. 하지만 나는 그녀를 잡지 못했다. 나는 남자답지 못했다. 그러나 나의 선택은 그녀의 행복일 수 밖에 없었다. 그녀를 행복하게 해 주기 위해서 나는 지금 보다 더 많은 준비가 필요한 상황이었다. 그 준비란 게 얼마나 걸릴지도 알 수 없었다. 그 알 수 없는 시간 동안 그녀를 붙잡아 둘 수는 없었다.

나는 또 다시 그녀를 놓아버렸다.
지금까지의 내 삶을 자책하며….

가슴은 찢어질 듯 아팠다. 그리고 미안했다.

그 후로 다시 1년의 시간이 지났다.
가끔은 그런 생각이 든다. 그때 차라리 이기적일 걸.
나보다 좋은 남자 만나야 한다는 그딴 배려심 말고 그냥 내가 행복하기 위해 그녈 붙잡았다면 어땠을까?

어쩌면 지금 내 옆에 그녀가 있지 않을까?

이제 내 선택지는 하나 밖에 남지 않았다.

반드시 나보다 좋은 사람을 만나 그때 내 선택이 후회되지 않게 해줬으면 하는 바람이다.

세상에서 가장 슬프고 초라한 사람은 사랑하는 사람의 힘들어하는 모습을 보며 아무것도 해줄 수 없는 처지의 사람인 걸 나는 잘 안다. 존재만으로 힘이 된다는 말이 과연 현실에서 얼마나 실효성이 있는 걸까?

그게 가능한 것이기는 할까?

사랑하는 사람에게 힘내라는 말은….
하면 할수록 가벼워질 뿐이었다.

청 첩 장

드라마 같았던 그녀와의 재회는 끝났다. 나는 다시 혼자만의
일상으로 돌아왔다. 운명이라 생각했던 만남도 결국엔 인연이 아
니었던 거라며 나 자신을 설득하고 세뇌시켰다. 다시는 그런 여
자를 만날 수 없을 거라는 확신을 들게 한 사람…. 그 만큼 놓치
기 싫은 여자였다. 내가 조금만 더 안정적인 삶을 살았다면, 앞으
로라도 그렇게만 된다면 꼭 다시 붙잡아야겠다는 미련한 생각도
머릿속에서 사라지지 않았다.

그러나 떠나간 막차는 돌아오지 않는다.

15년 전의 감정으로 돌아가 그녀를 다시 사랑하고 있던 어느 날, 갑작스러운 그녀의 말에 나도 모르게 바보 같은 대답을 해버렸고 우리는 그렇게 끝이 났다. 지칠 대로 지친 그녀는 기댈 곳이 필요했지만 난 어깨를 내어주지 못했다.

"동진아, 나 친구가 남자 소개해준대. 어떡해?"
"아… 그래?
그래! 그럼 받아봐…."

나는 비겁하고 어리석었다.

자신을 확실하게 붙잡아달라는 그녀의 마음에 상처만 주는 바보 같은 대답이었다. 그녀는 나에게 아무것도 바라지 않았다. 하지만 나는 나를 용납할 수 없었다. 그녀의 모든 걸 감싸줄 만큼의 준비가 돼 있지 않던 나는 그녀의 마음에 난 상처들, 그녀의 부모님과 그녀가 살아야 할 집까지 아무것도 해결해 줄 자신이 없었다. 그리고 무능력한 나를 자책했다. 혹시 복권에 당첨이라도 된다면 그녀를 붙잡을 수 있을까 하는 마음에 매주 복권도 사봤지만 그녀는 이제 내 옆에 없다.

이별하고 다시 만나고 영영 너를 잃는 데까지…

그날 나의 어리석은 대답을 그녀는 이해해줄 수 있을까?

이해하지 못해도 괜찮다. 다시 그날이 와도 내 선택은 다르지 않았을 것을 나는 잘 안다.

비겁하지만 붙잡지 않는 것… 그게 내가 사랑하는 그녀를 위해 할 수 있는 마지막 선택이었기 때문이다.

그녀는 결국 친구의 권유대로 한 남자를 소개받았고, 그 남자는 나와 비교도 되지 않는 능력있고 멋진 사람이었다.

그녀와 헤어진 지 6개월이 지날 때 즈음. 청첩장을 받았다.

참 다행이었다. 내가 아닌 더 좋은 남자를 만나서 참 다행이다.

사랑하기 때문에 헤어진다는 말은 없다고 누군가 그랬다.

그러나 사랑하기 때문에 헤어질 수도 있다는 걸 경험한 나는 그 말에 동의하지 않는다. 이제는 나보다 더 많이 사랑해줘야 할 남자가 생겼다.

그게 그 남자가 해야 할 일이다.

아직 그녀를 사랑하지만 이 마음, 이제는 넘겨줄 때가 왔다.
나는 누구보다 두 사람을 응원할 것이다.

우리는 여전히 다정한 친구로 남았고,
그것만으로도 비겁하고,
여전히 사랑하는 나란 사람에게는,
그저 감사한 일이다.

이별하고 다시 만나고 영영 너를 잃는 데까지…

달과 나의 거리만큼...
멀어진 인연

지구에서

가장 가까웠던 사이는

서로가 등을 돌리는 순간

가장 먼 사이가 된다.

이별하고 다시 만나고 영영 너를 잃는 데까지…

지하철에서

우리 함께 지하철 탔던 날 기억나?
우리 앞에 자리가 한 칸 생겨서
서로 앉으라며 등 떠밀었던 날 말야.

나는 네 다리가 아픈 게 싫어서
니가 꼭 앉길 바랐지만
너는 결국 앉지 않았어.

그 대신 너는 내 재킷 주머니로 네 손을 넣은 채
내 옆에 함께 서 있었지.

참 따뜻했고 부드러웠어.
네 손을 잡으면
세상을 다 가진 것만 같았어.

손을 잡고 눈을 마주쳤잖아.

누가 먼저랄 것 없이

우린 한 걸음 더 가까워졌어.

잠시도 떨어지기 싫었잖아.

아주 잠시도.

그치?

그래…

사랑이었어.

이별하고 다시 만나고 영영 너를 잃는 데까지…

덜어 줄게

무겁지?

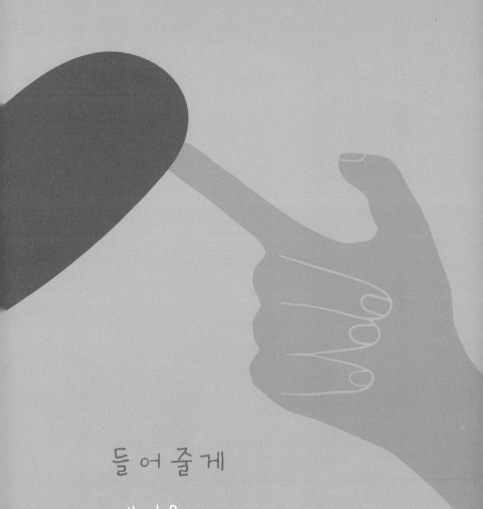

들어줄게

네 마음

혼자가 되었다
. . . . .

헤어지는 날

헤어지는 날
울먹이는 나를 이해시키려
너의 진심을 애기할 때
나는 듣고 싶지 않았어.

그 애기가 모두 끝나고 나면
우리도 진짜 끝이었으니까.
남은 건 인사뿐이니까.

내가 아무 말도 하지 않은 건
마지막까지 너를 붙잡고 싶어서 였던거야.

이별하고 다시 만나고 영영 너를 잃는 데까지…

위로 2

네가 괜찮아지는 모습을 보면
내가 위로를 받아서

너를 위로하는 게
내가 나를 위로하는 거였어.

겁쟁이

그때는 어려서
몰랐던 사랑에
눈물을 흘렸고

이제는 겁이 나서
사랑을 사랑이라고
확신하지 못하나 봐.

참 어리석었다. 우리.

　　　　　　　이별하고 다시 만나고 영영 너를 잃는 데까지…

추억만 남기고 간 너

좋았던 게 추억이고
나빴던 게 기억이라면,
고맙게도 넌
추억만 잔뜩 남겨줬구나.

핑계 같지만
별일 아닌 것에도
그다지 미안해할 게 아닌 일에도
나는 미안했어.

시도 때도 없이 연락할 때나
주말이면 만나자는 나 때문에
편히 쉬어야 할 너를
귀찮게 하는 건 아닐까 늘 걱정했어.

나는 자주 쓸데없는 눈치를 봤고
그래서 먼저 오는 연락이 언제나 반가웠어.

나는 남자답지 못했어.
배려도 과하면 독이 되는 건 줄 몰랐으니까.

다시는 널 놓치기 싫었는데
불안한 미래를 그리며 사는 내가
뻔뻔하게 너를 좋아한다는 것이.

뻔뻔하게 너를 붙잡고 싶어 하는 사실을.
스스로 용납할 수 없었어.

이별하고 다시 만나고 영영 너를 잃는 데까지…

그때는 나를 이해해주기를 바랐는데
모든 게 지나 버린 지금은
그런 욕심도 필요 없게 돼 버렸네….

차라리 이해하지 말아줘.

좋았던 게 추억이고
나빴던 게 기억이라면
고맙게도 넌,
추억만 잔뜩 남겨준 것 같아….

네가
남기고 간
그것은

추억이었어

이별 그 후

꽤나 오랜 시간이 지나
너를 이해하고 난 다음…
되레 미안한 생각이 들었다.

힘들어하는 나를 지켜보는 너는 또 얼마나 힘들었을까….

또 한 번 미안했다.

이해가 될수록 아픈 마음은 사라지고
평온을 찾을 수 있었다.

나를 이해해 주기로 했다.

괜찮다고.

충분히 그럴 수 있었다고.

잘못한 게 아니라 최선을 다 한 거라고.

사랑은 한 끗 차이

난 니가 그리웠는데,
넌 내가 그리 미웠니.

시간이 약이라는 말

오랜만에 만난 너는 뭔가 할 말이 있는 듯 보였어.

탁자 앞에 나를 앉혀 놓고 애꿎은 화분만 만지작거리더라.

무슨 말을 해줄지 한참을 기다렸지만 끝내 아무 말이 없었어.

꿈을 꿀 수 있는 시간이 많지 않은 걸

내 무의식이 알았는지

결국 내가 먼저 입을 열었던 거 같아.

짧은 내 꿈속에 나와 준 것만으로도 고마웠어.

말하는 내내 나도 모르게 미소가 지어졌어.

"나 이제 괜찮아. 정말. 아무렇지도 않아.

네 칫솔도 버렸고 널 닮았던 버릇도 고쳤어.

시간이 약이라는 말,

그 말이 정답인가봐.

그러니까 우리 이제

서로 미워하지도 말고 미련도 갖지도 말자."

나는 결국 혼자가 됐다...

말도 안되는 일

그해 여름은 추웠고,
겨울은 더웠다.

말도 안되는 일이라 생각했다.

내가 널 가진 것도,
네가 날 떠난 것도.

part 03

가끔은
웃음도 눈물이 된다

가장 느린 택시

몇 해 전 대중교통이 모두 끊긴 새벽, 어쩔 수 없이 탄 택시의 기사님은 나이가 지긋하게 든 어르신이었다. 너무 피곤했고 한 시라도 빨리 집에 들어가 쉬고 싶었다. 하지만 너무도 느린 기사님의 운전은 답답함을 넘어 짜증이 나게 했다.

'아, 택시 잘못 걸렸네….'

돌이켜보면 나는 그저 집에만 가면 되는 청년이었고 기사님은 늦은 시간까지 일을 해야했던 책임감 강한 누군가의 아버지, 남편, 혹은 할아버지였다. 쉬셔야 할 나이에 늦은 시간까지 일 한다는 건 분명 지켜야 할 누군가 있다는 뜻이었을 거다. 하지만 그때의 나는 그저 빨리 집에 들어가 쉬고 싶던 철없는 청년이었다. 그런 내 피곤함과는 비교도 되지 않는 어르신의 처지를 헤아릴 수 없는 철없는 나였다.

이제는 약속 시간을 어기는 상황이 아니라면
어디든 몇 분 늦게 도착해도 괜찮아졌다.
나보다 어린 기사님은 한 번도 만난 적 없으니
어느 분이든 그 분들보다야 내가 살날이 훨씬 많고
몇 푼 더 손해를 보는 것 같아도 괜찮아졌다.

무슨 일을 하든 연로한 나이까지 열심히 사시는 모든 어른들이 존경스럽다. 나도 그럴 수 있을까… 하는 생각도 해 본다.

오히려 때로는 꼰대 같고 조금은 답답해도 나와 같은 젊은 시절을 모두 겪고 지금까지 버텨 온, 마치 미래의 내 모습 같다. 그러니 설령 실수라도 너그러이 이해해 드리자.

앞으로 우리가 하게 될 수많은 실수들도 누군가가 이해해줄 것이고 그래야 우리도 계속 늙어갈 수 있지 않을까.

가끔은 웃음도 눈물이 된다

벚꽃

사람들은 왜 그렇게 봄의 벚꽃에 열광할까?
아름다운 건 맞지만
내 눈에는 밤하늘의 별들이 더 아름다운데.

매일 볼 수 있는 것보다
매일 볼 수 없는 것이 더 소중한 걸까?

지금 좋은 것보다
미래의 다른 무언가를 위해 나를 포기하는 것이 더 나은 걸까?

남들이 좋다고 추켜 세워주는 것과
오롯이 나를 위해 사는 것.

어떤 걸 선택해야 할까?
사랑하는 사람이 생기고 먼 훗날 나에게도 가정이 생기면 달라질
지도 모른다.

하지만 나는 그때가 아닌 지금 당장의 나를 위해 살고 싶다.
내가 잘 못된 걸까?

지금 행복하고
마음 편한 쪽을 택하는 내가
나는 좋다

자폭

"니가 뭘 알겠니."
"됐어. 넌 말해줘도 몰라."

. . . . . .

장담하건대
넌, 너를 이해해주는
사람을 만나기는
힘들겠다.

일방적 배려

계절이 지나고 초여름 날, 창문 바로 앞에서 벽을 때리는 시끄러운 소리에 눈이 떠졌다. 창문을 열어보니 내가 사는 바로 이 건물의 모든 창문에 비가림막을 설치하고 있었다. 장마를 대비한 건물주의 배려였다. 이제 비 오는 날에도 창문을 활짝 열 수 있다는 생각에 감사한 마음뿐이었다.

평소 시계 초침 소리에도 잠들지 못할 만큼 심한 수면장애가 있는 나다. 침대에 누운 지 다섯 시간 만에 겨우 잠자리에 들려는 순간, 온몸의 신경을 자극하는 소리가 창밖에서 들리기 시작했다. 툭. 툭. 툭. 장마의 시작이었다.

전깃줄에 모인 두꺼운 빗방울이 하필 내 방 비가림막 위로 떨어졌다. 망했다….

다시 제거해 달라고 말을 할 수도 없는 상황 아닌가!

그 후로 비가 오는 날이면 귀마개를 해야 겨우 잠자리에 들었고

때로는 밤새 빗소리를 즐겨야 했다.

배려라는 것은 상황에 따라 오히려 독이 될 수도 있는 건가 보다.

남에게 피해를 주는 걸 죽기보다 싫어하는 나….

어쩌면 내가 그동안 해왔던 배려들이

누군가에게 불편함을 주진 않았는지…

그리고 혹시 그랬다면

그것을 당당히 배려라고 할 수 있는지에 대해 생각해 보게 된다.

반성해 본다

승강기는 없었다. 빌라 6층까지 올라가는 게 이렇게 힘이 드는 일인가? 이 어이없는 내 체력에 놀라며 헛웃음과 함께 겨우 6층에 도착했다. 그 순간 601호 문 앞에 놓인 생수가 보인다.

2리터짜리 물 여섯 개가 한 팩인 생수가 네 개 세트.

집 앞 편의점에서 우리 집 2층까지 들고 오는데 양손을 번갈아 가며 들어야 했던 무게.

물을 내려놓고 손바닥을 펴보면 빨갛게 자국이 생기는 무게.

그래서 너무나 잘 아는 그 무게.

문뜩 물을 들고 계단을 오르는 택배기사의 모습을 상상해 본다. 양손에 한 팩씩 들고 6층까지 두 번을 오르락내리락해야만 배달이 가능했을 텐데.

핸드폰 하나로 모든 걸 주문할 수 있는 편리한 시대에 너무나도 당연한 일이고 분명 잘못한 일도 아닌데, 순간 그 집에 사는 사람이 그냥 미웠다.

배려의 기준을 아직도 잘 모르겠다.

누가 사는지도 모르는 그 집이 야속하기만 했지만, 나와 비슷하고 평범한 청년일 거라는 생각이 들어 끝내 속상했다.

나 역시 누군가의 배려를 차마 알지 못한 채 살고 있는 건 아닐까? 내가 하는 배려를 아무도 몰라준대도 더 노력해야겠다고 다짐해 본다.

가끔은 웃음도 눈물이 된다

하지만 사랑엔 언제나 진심인 편...

유죄

술에 취해 저지른 범죄는

심신미약

술에 취해 저지른 고백은

진심미약

장담할 수 없는 이유

비 오는 날이 싫었다.

옷과 신발이 젖는 것도 싫었고

불편한 우산을 들고 다녀야 하는 것도 싫었다.

하늘이 흐리니 마음마저 우울해지는 것 같고

그냥 모든 게 싫었다.

스물두 살, 어린이 대공원에서 아르바이트를 하기 전까지는.

아르바이트를 시작하고 매일 비가 오기를 바랐다.

비가 오는 날이 쉬는 날이니까.

매일 저녁 잠들기 전,

내일 날씨를 확인하는 게 일상이 되어버렸다.

그리고 아침이면 창문부터 열어봤다.

그러다 정말로 비가 내리면

다시 이불을 덮고 늦잠을 잘 수 있었다.

그런 생활을 1년 가까이 했으니

내 마음은 거의 매일 기우제를 드리는 것과 같았다.

그때부터 지금까지 여전히 비가 오는 날이 좋다.

비 오는 날에만 맡을 수 있는 그 냄새까지도 좋아졌다.

그렇게 싫던 게

가장 좋아하게 되는 일이 가능한 걸까싶다.

그렇게 싫어하던 것도 어느 순간

가장 소중한 것이 될 수 있는 걸까?

그래 그럴 수도 있겠다.

가장 사랑했던 사람도 한순간에 미움의 대상이

돼 버리기도 하니까!

꿈을 크게 갖지 마

꿈을 크게 가져야 한다.

꿈이라도 크게 가져라.

이 말은, 목표한 꿈을 이루지 못했을 경우에 실망감을 줄이기 위해서 하는 말이다.

꿈이 뭐냐는 질문에 대답하지 못하면 질책을 받던 시대는 지났다.

차라리 꿈을 크게 갖지 말아보자.

그만큼 다양한 미래가 열려있다는 뜻이기도 하니까.

한 가지 꿈만 고집하면 오히려 부담과 실망을 안겨준다.

지금까지 살면서 지켜본 지인들의 경우, 한 가지 공통점이 있다.

어린 시절 가졌던 꿈을 그대로 이뤄 낸 사람은 단 한 명도 없다는 것이다.

전공을 살려서 취직한 사람도 아주 흔한 건 아니다.

체대를 나온 친구는 가수 매니저를 하고 있고,

공대를 나온 친구는 의류 사업을 하고 있다.

고등학교 진학을 포기하고 중학생 때부터 배달을 시작한 친구는

누구나 부러워할 만한 규모의 한정식 식당을 운영하는 성공한 사

업가가 되었다.

배우를 꿈꾸던 친구는 바리스타가 되었다.

어린 시절 꿈을 이뤄 낸 사람들도 있다.

그렇다고 그들 모두 행복한 것도 아니다.

꿈을, 꿈이라도 크게 가질 필요는 없다.

그저 관심 있는 일을 찾아보는 일이면 충분하다.

그리고 그 일에 뛰어들어 보는 것까지 하면 되는 거 아닌가!

두려워할 필요도 없다.

실패는 흔하디 흔한 결과일 뿐이다.

사실 많은 경우 실패도 꽤나 괜찮은 결과다.

배웠고 알았고 깨달음을 남기는 일이니까!

가끔은 웃음도 눈물이 된다

시도하지 않고 남는 미련보다,

도전하고 실패한 결론이 훨씬 명확한 결과다.

도전한 그 일이 호락호락 하지 않아도 재밌으면 계속하면 된다.

도전한 그 일이 술술 잘 풀려도

그리 즐겁지 않으면 그만 두면 된다.

그뿐이다.

나한테 맞는 일은 어디선가 나를 애타게 기다리고 있다.

하지만 발이 없는 그 일은,

내가 찾아 나서지 않으면 평생 만나지 못한다.

한 가지 일을 꾸준히 하지 않아도 된다.

새로운 일을 꾸준히, 멈추지 않고 찾아 나서면 된다.

그 정도의 똘기와 용기와 자존감만 있다면

남들이 해 주는 걱정은,

그야 말로 가장 쓸데없는 걱정일 뿐이다.

두려워할 필요도 없다.
정해놓은 길로만
가는 사람은 없으니까….

지금이야...
바로 지금 여기서부터
다시 시작하면 돼...

최 면

10년 전으로 돌아간다면…
 후회 없는 새로운 삶을 살 수 있을 거란 생각….
누구나 한 번쯤은 해봤고 또 흔하게 들어본 얘기.

정말 10년 전으로 돌아가면 새로운 삶…
더 나아진 삶을 살 수 있을까….

· · · · · ·

유난히 자신의 삶을 힘들어하는 친구가 있다.
고개를 푹 숙인 채 쏟아 내는 넋두리마다
'내가 10년만 젊었어도…'를 되뇐다.

그 친구는 10년 전으로 돌아가도 달라질 거 같지 않다.

"친구야. 네가 지금 몇 살이지?"

"서른여덟 살"

"아니야. 사실은 너 마흔 여덟 살이야."

"그게 무슨 소리야?"

친구는 이해할 수 없다는 표정으로 나를 바라봤다.

"잘 들어봐.

사실 너는 지금 마흔 여덟 살이고 여전히 10년 전으로 돌아가고

싶다고 습관처럼 말하고 있어.

넌 마흔 여덟 살이 되도 분명 10년 전으로 돌아가고 싶어 할 거야.

정말 그렇게만 된다면 소원이 없겠지?

너는 지금 몇 살이지?

그래 서른 여덟 살이지.

지금 소원이 이루어진 거야.

네가 그렇게 바랐던 10년 전이란 말이야."

"무슨 말인지 알겠지?"

　　　　　　　　　　　　　　　　가끔은 웃음도 눈물이 된다

두 번째 생각

1.

휴가를 마치고 집으로 돌아가는 날,

퇴근 시간을 피해 아침 일찍 운전을 시작했다.

일찍 출발하길 잘했다며 고속도로를 신나게 달리고 있는데 갑자

기 정체가 시작됐다.

예상치 못한 상황에 운전은 피곤해졌다.

짜증이 나던 그 순간,

꽉 막힌 차들 사이로 구급차 한 대가 다급히 지나갔다.

잠시 뒤 든 두 번째 생각은,

'혹시 사고가 난 건 아닐까, 사람이 다치진 않았을까.'

2.

바쁘게 일하고 있었다.

평소에는 울리지도 않던 전화기는 항상 바쁠 때만 울려댄다.

스팸 전화겠지.. 싶지만 무심한 듯 핸드폰 화면으로 눈길을 흘깃 쳐본다.

엄마였다.

받을까 말까 고민한다.

받지 않으려다가 하던 일을 잠시 멈추고 전화를 받았다.

엄마는 늘 같은 말을 한다.

"알겠어. 엄마. 지금 일하는 중이니까 내가 다시 전화할게요."

귀찮은 듯 급하게 전화를 끊었다.

그리고 잠시 후 두 번째로 든 생각,

'아…. 오늘도 엄마 전화를 시큰둥하게 받아버렸군. 이런….'

가끔은 웃음도 눈물이 된다

3.

어느 유명 연예인이 실수를 했다.

연예인이 저러면 안 되지 하며 마음속으로 흉을 봤다.

나를 포함해 대부분의 사람이 평소 죄책감도 느끼지 않을 작고
흔한 실수에 연예인이라는 이유로 흉을 봤다.

그리고 잠시 후 든 두 번째 생각은,

'나는 살면서 얼마나 많은 실수를 하고 있는 건지.'

· · · · · ·

결과에는 반드시 이유가 있다.

일상의 처음 느낀 감정을 지나

한 번 더 생각해보는 두 번째 생각은

나 스스로를 부끄럽게 만들 때가 많다.

이제부터는 어떤 상황에도

두 번째 생각을 기다리기로 해 본다.

상식을 벗어난 오답들을
마치 정답인 듯 사는 인생이
진짜 노답.

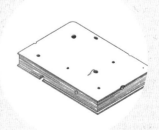

가끔은 웃음도 눈물이 된다

원나잇

1.

서른이 훌쩍 넘고 나니 야한 농담에 부끄럽기보다 재밌을 때가 많다. 19금 대화는 남자 친구들과 있을 때와 여자 사람 친구가 한 명이라도 있을 때와는 질적으로 다르다.

남자와 여자의 성비가 적절하게 모였던 어느 날, 장난기가 발동한 나는 분위기가 무르익은 틈을 타 친구들 개개인에게 공통된 질문을 던졌다.

"너 원나잇 해봤어?"

솔직하게 대답해줄지 궁금했다. 그런데 대답은 마치 모세의 기적처럼 분명하게 반으로 나눴다. 남자 5명은 전부 너나 할 거 없이 당연한 거 아니냐며 기세등등했고 여자 5명은 아무도 원나 잇을 한 적이 없다고 했다. 그 때 모인 친구들만의 경우였을 수도 있지만 어느 자리라도 내 질문에 비슷한 비율의 답이 나올 것도 같다.

모두가 원나잇 쯤 해봤다는 '그 많은 남자들은 도대체 누구랑 원나잇을 할 수 있었다는 거지?' 라는 합리적 의문이 든다. 우연인 걸까? 정말 우연히 나의 지인 중에 남자만 경험이 있고 여자만 경험이 없는 걸까?

그때는 단순히 여자들의 거짓말이라고 생각했다.

2.

술자리가 있었다. 지인들이 여럿 모이기 시작하면서 처음 인사를 나누는 사람들도 몇 오게 됐다. 하나둘씩 사람들이 모이는 과정에 유독 한 여자가 내 눈에 들어왔다. 예뻤다. 친구들과 이런저런 얘기를 나누며 술을 마시는 내내 내 신경은 온통 그 여자에게 쏠려 있었다. 자리를 옮겨 슬며시 그녀 옆으로 가보고 건배를 나누며 대화를 나눴다. 술자리가 무르익을수록 그녀와 나는 조금씩 친해지기 시작했다. 자연스레 연락처를 물었고 그녀에게도 내 연락처를 알려줬다.

새벽, 나는 그녀와 한 잔 더 마시고 싶었지만 그날 처음 만난 사이였고 다른 사람들 눈도 있어서 티도 내지 못한 채 택시를 탔다. 그리고 곧바로 그녀에게 문자를 보냈다. '잘 가고 있냐'는 가벼운 내용에 즉시 답장이 왔다. 그녀는 집에 잘 도착했으며 혼자 살고 있다는 정보도 함께 보내왔다.

소심하기 짝이 없는 내가 그날은 무슨 용기로 그녀에게 그런 문자를 보냈을까…

너랑 한 잔 더 하고 싶다고, 내가 집으로 가도 되냐고 보낸 것이다. 답장이 오기 전까지 그 짧은 시간이 얼마나 떨리던지. 택시는 그녀와 점점 멀어지고 있었다. 잠시 후 답장이 왔다.

"진짜요?"

분명 긍정적인 답장이었다. 남자들도 촉이라는 게 있다. 물론 여성의 촉에 비해 자주 틀리긴 하지만 그 문자는 분명 긍정적이었다. 나는 다시 한 번 도장을 찍듯 확실하게 문자를 보냈다.

"응. 진짜지! 주소 말해줘. 앞에 도착해서 전화할게."

그녀는 집 주소를 보내왔고 재빨리 택시를 돌려 그녀 집 앞으로 갔다. 편의점에 들러 손에 잡히는 대로 술과 안줏거리를 담았다. '딩동' 잠시 후 그녀가 살며시 문을 열었다.

설렜고 영화 같았다. 술을 마시는 건지 그녀의 머릿결을 마시는 건지 그저 꿈만 같았다. 그날 우리는 관계를 가졌고 함께 아침도 맞이했다. 그녀는 새 칫솔을 꺼내 치약을 묻혀 나에게 줬다. 욕실에 있는 용품들은 모든 게 낯설었다. 처음 보는 제품들과 좋은 향기, 곱게 접힌 수건들, 아기자기한 인테리어까지.

우리 집 화장실과는 전혀 다른 느낌이었다. 그녀가 더욱 사랑스럽게 느껴졌다. 그리고 양치를 하며 거울을 봤다. 거울 속의 나는 이미 연애를 시작하고 있었다.

그녀와 인사를 나누고 집으로 돌아왔다. 연애할 때, 연락을 자주 하는 편인 나는 그녀에게 수시로 문자를 보냈다. 그런데 전날과는 다르게 답장이 오는 속도가 현저히 느려졌다는 것을 느꼈다. 처음엔 바빠서 그럴 거라 생각했지만, 하루 이틀이 지나도 답장은 늦고 또 짧았다. 이상함을 감지한 나는 우리의 관계에 대해서 솔직하게 물어봤다. 그리고 그녀의 답장은 하루가 지나서야

왔다. 미안하다는 내용이었다. 더 가까워지기 힘들다며 이해해 달라고 했다.

우리는 서로에 대해 모르는 것이 훨씬 많았고 이제 막 친해지는 과정이었기 때문에 나는 매달릴 수도 없었다. 알겠다고. 잘 지내라고. 그렇게 끝이 났다.

3.

나는 그녀와의 하루가 원나잇이라고 생각하지 않았다. 순식간이라고 할 만큼 짧았지만 그 순간에 진심으로 좋았다. 비록 그녀에게는 하룻밤 원나잇이었을 수도 있지만 그건 그녀의 입장일 뿐, 나에겐 누구보다 아름다운 로맨스였다. 친구들의 대답을 다시 생각해봤다. 직접 경험을 해보고 나니 원나잇에 대한 해답은 해석하기 나름인 것이었다.

사랑하는 마음 없이 오로지 본능만으로 하루를 보낸 남자들의 욕망은 원나잇이 분명했고, 그것이 단 하루라도 진심으로 마음을 열고 사랑을 나눴다면 원나잇이 아닌 거였다.

단 하루를 사랑했어도
진심이었다면
그것 역시 사랑 아닐까?

착각1

친구가 아침 일찍
그녀에게 문자를 보냈는데
자정이 지나고 나서야 답장이 왔대.

하루 종일 걱정하더라고.
그녀한테 무슨 일이 생긴 게 아니냐며.

참다못해 내가 한마디 했어.

틀렸어. 바보야.

그녀와 너 사이에 무슨 일이 있었던 거겠지.

착각2

착한 척하는
나쁜 사람은 있지만

나쁜 척하는
착한 사람은 없어.

내 주위 사람들이 모두 착하다고
착각하는 이유야.

관계

나를 언팔 했다는 걸 알게 되면
나도 그 상대를 언팔 해요.
서운하고 삐져서가 아니에요.
그 사람이 나를 더 이상 궁금해 하지 않고
관계를 이어 나가고 싶어 하지 않는다는 걸
간접적으로 밝혔다는 뜻이잖아요.

차라리 잘된 일일지도 몰라요.
안 그래도 복잡한 인간관계에서
조금씩 정리가 된다는 건
다른 소중한 사람들에게 조금 더
신경을 써 줄 시간이 생긴다는 뜻이니까요.

사랑도 마찬가지 같아요.
이별을 먼저 말했던 경험도 있고

일방적으로 통보를 받은 경험도 있을 거예요.

어떤 식이든 한 사람의 마음이 끝나는 순간부터는

남겨진 사람 혼자서 둘의 관계를 이어나가기란 불가능해지죠.

관계가 끝이 났다고 해서

그 사람을 너무 오래 원망하거나 미워하지 말아요.

당장은 힘이 들겠죠.

하지만 그의 선택을 받아들여 봐요.

그리고 그 사람을 축복해 주세요. 진심으로.

왜 그래야 하느냐고요?

제가 알기론 그게 사랑에 대한 최고의 복수거든요.

소통의 오류

대답이 없는 것도 대답이랬다.
소통이 원활해진 지금.
누군가에게서 대답이 느리게 온다는 건
무관심 또는 불편함의 표현이 됐다.

"바빠서 그럴 수도 있잖아."

아니, 절대 그럴 일은 없다.

그리고 이제는 그런 마음에도
상처받지 않고 웃어넘길 줄 아는
단순한 사람이 되어버렸다.

슬프지만 홀가분하다.

나이가 들수록
감정에도 성숙함이 생겨나고 있다

거절을 못 하는 건
좋은 게 아니야.

내가 거절을 못 하면
상대방에게 좋은 건 있겠지만

나에게 좋을 건 하나도 없거든.

가끔은 웃음도 눈물이 된다

위로 1

이것저것 걱정은 많고 미래는 불안해 죽겠는데
사람들 앞에서는 괜찮은 척 하는 거 힘들지?
속도 모르면서 마냥 잘 살고 있는 줄만 알고 말이야.

근데,
너무 외로워하지 마.
너를 정말 생각해주는 사람은 네가 아무리 웃고 있어도
마음속으로 이미 걱정부터 하고 있을 거야.

내가 그래.
내가 사랑하는 많은 사람들,
나와 별반 다를 게 없다는 거 잘 알거든.
그래서 아무리 밝아보여도 걱정부터 되더라고.

그러니까 힘이 들 때는
힘든 티를 내도 괜찮아.
우리는 서로에게 자랑보다는
위로가 필요한 사람들이니까.

가끔은 웃음도 눈물이 된다

part 04

구름 한 점 없이 맑아도
슬픈 날이 있다

(무제)

우리는 아직 서로에 대해 모른다.

그 이유는 간단하다.

내가 나에 대해 알고 있는 것만큼

남들에게 보여주지 않기 때문이다.

내 모든 걸 허물없이 드러냈을 때

그 모습에 함께 허물을 벗는 사람과

비로소 진실 된 사이가 될 수 있다.

눈에 보이는 모습은 가짜일 뿐

진짜 사람은 마음속에 있다.

분명

어떤 이유에서건
나는 또 아플 것이다.

하지만, 한 가지 분명한 건
다시 괜찮아질 거라는 것이다.

구름 한 점 없이 맑아도 슬픈 날이 있다

그곳에게

슬픔은 예고 없이 찾아오기 때문에
때로는 보기 드물게 맑은 날
더 슬플 때가 있어.

눈부시게 맑은 날
햇살을 함께 나누고 싶지만
더는 그럴 수 없는 그리운 이들이 있어.

그래서 가끔은,
맑아서 더 슬퍼.

구름 한점 없이
맑아도…
슬픈 날이 있다…

괜찮은 거지?
아마도…
그렇겠지?

요즘

모두가 힘을 내서 잘 견뎌내길 바라면서도
한편으로는,

나만 힘든 게 아니라는 것에 위로가 되기도 하는
참 못난 요즘.

행복의 시기

너는 말한다.
나중에 행복하기 위해서
지금은 참아야 한다고.

나는 말한다.
지금 행복하지 않으면
나중은 아무 소용없다고.

지금
곧바로
행복해지기

나를 괴롭히는 것들

나는 아무도 괴롭히지 않았다.
다만 모든 것이 나를 괴롭혔다.

나는 아무 말도 하지 않았다.
다만 모든 것이 나에게 말했다.

나는 아무것도 바라지 않았다.
다만 모든 것이 나에게 바랐다.

괴롭히지 말고
아무 말도 하지 말고
아무것도 바라지 말라고.

혼자
사방이 막힌 공간에

나혼자
있고 싶은 날이 있다

불면증

밤 12시.
침대에 누웠다.
핸드폰을 들고 SNS에 담긴 누군가의 일상을 본다.
행복해 보이지만 관심은 없다.

핸드폰을 내려놓고 눈을 감는다.
어제도 했던 고민이 다시 떠오른다.

10분 20분.
오늘도 답은 없다.

답답함에 다시 눈을 뜬다.
암막 커튼 사이로 스미는 달빛이 천장에 비춘다.
기이한 모양의 달빛을 멍하니 바라본다.
미소가 지어졌다가 금세 슬퍼진다.
시간이 빠르다는 걸 다시금 느낀다.

한숨이 나온다.

잘 지내고 있는지 궁금하다.

결혼은 했을까.

아이는 있을까.

행복할까.

행복했으면 좋겠다.

나는 왜 이렇게 살고 있을까.

나도 행복 하고 싶다.

다시 눈을 감는다.

가족이 생각난다.

나한테 왜 그랬을까?

나는 왜 그랬을까?

속이 상했다가 금세 미안해진다.

언제 철이 들까.

한심하다.

그만 생각해야겠다.

다시 천장이 보인다.

내일이 걱정된다.

하지만 내일도 답은 없다.

어느덧 새벽 4시다.

억지로 다시 눈을 감아 본다.

구름 한 점 없이 맑아도 슬픈 날이 있다

만우절

국어사전에 있는 만우절은
가벼운 거짓말로 서로 속이면서 즐거워하는 날이다.

나라가 국민을 속이고
국민이 나라를 속이고

부모가 자식을 속이고
자식이 부모를 속이고

친구가 친구를 속이고
애인이 애인을 속이는 세상에서

굳이 하루를 정해 거짓말을 즐기기까지 하고 있다.

그런 관점에서 보면,
어쩌면 만우절은 365일,
1월 1일부터 12월 31일까지 아닐까.

가볍지 않은 거짓말로 서로 속이면서
상처 주는 날로만 따지면 말이다.

나를 사랑하기

자신을 사랑할 줄 알아야 한다고들 그래.
맞는 말이야.

그동안 고생했고 앞으로 더 잘할 수 있다고
자신을 격려하고 사랑하는 거, 옳은 행동이야.

하지만,
나에게 단점이 있다면 단점을 미워할 줄도 알아야 한다고 생각해.

과거에 어떤 잘못을 했다면
앞으로는 같은 실수를 반복하지 않아야 하잖아.

그러려면 스스로 따끔하게 혼낼 줄도 알아야 할 것 같아.
그렇게 뉘우치고 깨닫고, 다시 용서해 주는 거지.

나를 사랑하고 싶다면

사랑받을 수 있는 자격을 갖춘 사람이 되는 게

먼저니까 말이야.

구름 한 점 없이 맑아도 슬픈 날이 있다

"나도 이제는 쓸데없는 고민 좀
그만하고 싶다."

고 민

나의 가장 큰 고민은,

"나는 왜 이렇게
쓸데없는 고민이
많을까?"이다.

살아있다는 용기

봄이 오면 만개한 벚꽃을 보며
따스함을 느끼고

여름이 되면 넓은 바다를 향해
당장이라도 뛰어들고 싶은 마음이 생긴다.

가을에는 높은 산에 올라
붉게 물든 단풍을 보며 감탄하고

겨울이 되면 하얀 눈을 함께 맞을
드라마 같은 사랑이 그리워진다.

이런 감정들은 내 삶에 커다란 변화를 가져다주진 않지만

내가 살아있음을 느끼게 해준다.

때로는 살아있다는 것 자체만으로

용기가 될 때가 있다.

상처

가끔 마음이 지칠 때면 마냥 혼자만 있고 싶을 때가 있어.
차라리 세상에 나 혼자만 남겨지면
고통도 받지 않을 것 같다는 생각이 드는 그런 날.

따지고 보면 원인은 대부분 인간관계에서 생겨나는데 말이야.
가족과 친구들 직장과 사회에서 만나는 사람들 사이에서 생기는
그다지 중요하지 않은 사소한 문제는
서로의 마음에 상처를 남기잖아.

하지만 그렇게 서로 부둥켜 지내지 않으면
홀로 설 수 없는 것도 사람이고
더불어 돕지 않으면 살아갈 수 없는 것도 사람이니까.
이 작은 책 한 권이 우리 손에 있기까지도
많은 사람의 도움이 필요했듯이 말이야.

자동차와 비행기를 만드는 사람이 있기에

여행을 할 수 있게 됐고

낚시와 짐승을 사육하는 사람들이 있기에

맛있는 음식을 먹을 수 있게 된 것처럼

옷 하나부터 머리카락을 자르기 위한 가위까지

어느 것 하나 필요 없는 것과 소중하지 않은 것이 없는 것처럼.

따지고 보면 그 모든 것들은 인간의 협력으로

만들어지고 있으니까.

없어서는 안 될 존재.

그리고 한편으로는

나를 가장 힘들게 하는 존재.

구름 한 점 없이 맑아도 슬픈 날이 있다

이 아이러니한 존재는
결국 나를 제외한 타인이자
타인에게 비치는 나, 자신이겠지….

세상에 누구에게도 상처를 주지 않는 사람은 없듯.
병 주고 병 주면 인간이 아니고
약 주고 약 주는 것도 아무런 의미가 없어.

상처는 깊을수록 두껍게 아물고
부러진 뼈는 다시 붙는 순간 더욱더 단단해지는 것처럼.
병을 주고 약을 주는 것이 인간의 삶이겠지?

결국
혼자서만 살 수 없는 게
인간이니까….

코로나

세상이 이렇게 변해버린 건

코로나때문이 아니라

사람의 욕심 때문이야.

고로 나때문이라고.

사연

누구나 사연은 있다.

모든 이는 하나의 또 다른 세상이다.

드넓고 끝없는 그 공간에서 벌어지는 일은

그만한 이치와 이유를 갖고 있다.

나의 사연이 있듯, 그의 사연도 있다.

그렇기에 모든 사연은 특별하고 소중하다.

비슷한 것 같다가도 다른,

그래서 하나의 같은 모양이 없는 눈송이처럼

모든 사연은 각기 다른 색으로 채워진 그림이다.

그 일들은 사람을 울리고 미치게 하고 병들게 하거나

죽고 싶을 만큼의 고난을 주기도 한다.

그러니 나와 다른 사연을 가진 누군가의 아픔을
평가하는 일은 하지 않기로 하자.
나와 다르다는 이유로,
이해되지 않는다는 이유로 말이다.

한 가지 분명한 건 아무리 힘든 상황에서도
가끔 미소 지을 수 있다는 것.
짧게 스치듯 지나가는 미소라도 웃을 수 있다는 건
희망이 있다는 것 아닐까.

그렇다면 충분히
행복해질 수도 있다는 뜻 아닐까.

구름 한 점 없이 맑아도 슬픈 날이 있다

part 05

인생의 관점

왕십리 횟집

몇 해 전, 친구들과 함께 내가 좋아하는 왕십리의 한 횟집에 갔다. 우리는 식당의 메인 메뉴인 붕장어구이를 주문했고 40분을 기다린 끝에 음식을 받았다. 생물을 통째로 구워야 하기 때문에 굽는 시간만 40분, 바삭하게 탄 껍질과 하얗고 부드러운 속살은 입에 넣자마자 녹아버리듯 맛이 좋았다.

생선은 대가리가 맛있다는 말에 큼지막하게 머리 부위의 살덩이를 발라서 입안으로 넣었다. 맛을 음미하며 생선살이 녹아내리는 그 순간 나의 어금니 사이로 딱딱한 무언가가 씹혔다.

입을 벌려 손으로 천천히 꺼내 보니 내 입술을 뚫을 만큼 날카롭고 커다란 낚싯바늘이었다. 그 모습을 본 친구들과 나는 기겁을 했다. 너무 놀라고 당황한 나머지 친구들은 핸드폰을 꺼내 사진을 찍기 시작했다.

"사장님~ 사장님~"

친구들은 급히 사장님을 부르기 시작했다.

"잠깐만 얘들아!"

나는 순간적으로 번쩍 든 친구들의 팔을 붙잡았다. 메뉴판에는 분명히 자연산 붕장어구이라고 적혀 있었다. 낚싯바늘이 나왔다는 건 양식이 아닌 자연산이라는 게 확실하다는 증거였다. 나에겐 낚싯바늘이 오히려 그 횟집에 대한 신뢰를 갖는 에피소드도될 수 있는 거였다. 친구들은 나를 이해할 수 없다는 듯 바라봤지만 내 생각은 그랬다.

"사장님이 생선 한 마리 한 마리마다 입을 열어서 전부 확인하실 수 없잖아. 안 그래?"

　　　　　　　　　　　　　　　　　　　　인생의 관점

"아무리 그래도 그렇지…."

한참 후, 내 옆으로 지나가는 사장님께 조용히 말씀드렸다.
"사장님, 여기 붕장어 자연산이 확실하네요. 정말 맛있어요!"
사장님은 자부심 가득한 표정으로 잠시 후, 싱싱한 굴을 서비
스로 가져다주셨다.

내 판단이 맞다 틀리다 단정 지을 순 없다. 누군가에겐 소름 끼
칠 만큼 불쾌한 일일 수도 있지만 귀한 음식을 감사하게 여겼던
나에겐 그저 즐거운 작은 사건일 뿐이었다. 부정적으로 받아들이
면 한없이 부정적인 결과만 남겨지는 거 아닐까?

결국, 긍정과 부정의 차이는 내가 생각하는 쪽이다.

AB형

'혹시, 나는 천재가 아닐까?'

가끔 이런 생각을 하는
나는 참 바보 같다.

$$\sin \alpha = BC = \frac{a}{c};$$

$$\cos \alpha = OB = \frac{b}{c};$$

$$tg\ \alpha = OB = \frac{b}{c};$$

$$ctg\ \alpha = AO = \frac{a}{b};$$

$$\alpha^{\circ} = \frac{180}{\pi}\alpha \ ; \ \alpha = \frac{\pi}{180}\alpha^{\circ};$$

$$360^{\circ} = 2\pi \ ; \ 180^{\circ} = \pi \ ;$$

내 인생의 춤

    사소한 일이지만 단번에 결정이 나오지 않을 때가 있다. 편의점에서 "봉투 20원인데 담아드릴까요?" 라는 말에 잠시 망설일 때가 있듯 말이다. 하지만 신중히 결정해야 할 커다란 선택 앞에서는 고민도 없이 단번에 결정을 해버리는 경향이 누구에게나 있다. 나 역시 그랬다.

    고등학교 1학년, 인생에서 가장 중요한 시기에 공부를 포기하기로 마음먹은 것은 나에겐 아주 큰 결정이었다. 그런 큰 결정들이 내세울 만한 선택이 아닌 경우도 많다. 하지만, 비록 그 선택이 실수였거나 결국 후회할 만한 결정이었을망정 결정을 돌이킬 마음 같은 건 없었다. 그래야 당당했고 마음이 홀가분했다.

'나도 춤이나 출까?'

고등학교 1학년. 열일곱.

한창 공부해야 할 시기에 대학 대신 갖게 된 첫 목표는 형과 같은 백댄서가 되는 일이었다. 결국 나는 가수들 뒤에서 무대를 더 멋지게 채우는 댄서가 됐고 공부에 매진하는 대신 춤에 모든 열정을 불태웠다.

댄서가 되고 맞게 된 가수의 첫 콘서트는 HOT의 무대였다.

두 달 가까이 HOT의 모든 안무를 외웠지만 막내였기에 무대에 올라 춤을 추지 못했다. 하지만 장우혁의 솔로 곡에서 퍼포먼스를 맡을 수 있었고 한 시간 동안 올라섰던 그 무대에서 온 몸의 전율이 어떤 건지 경험할 수 있었다.

큰 역할은 아니었어도 그날은 내가 처음 무대에 올랐던 날이다. 어린 내가 상상할 수 없는 규모의 무대. 바로 1999년 잠실 주경기장에서 열린 HOT 918콘서트였다. 그리고 2년 뒤 2001년. 다시 열린 HOT 콘서트에서 거의 모든 곡의 댄서로 무대에 올랐다. 새하얀 우비와 풍선, 그리고 4만 명이 넘는 팬들의 함성은 정말 소름끼치도록 경이로웠다.

내가 알아버린 무대의 맛. 많은 댄서들이 그 어려운 환경에서
도 춤을 그만두지 못하는 이유. 나는 10대의 끝자락에서 무대라
는 희열에 점차 중독돼가고 있었다. 무대에서만 느낄 수 있는 희
열. 오직 그 공간에.

괜히 춤 췄어

댄서라는 직업을 사랑했다. 아무나 할 수 없는 일이라는 자부심도 있었다. 하지만 실력과 노력에 비해 저평가 받는다는 마음에 불만도 늘 함께 했다. 그 불만은 아무에게도 말 할 수 없었고 설령 말 한다 해도 달라지는 일은 없었다.

좋은 선배들도 있었지만 대부분의 선배들은 비양심적이었다. 후배들의 돈을 떼먹기 위해 온갖 방법을 동원했다. 어쩌면 체계적인 교육시스템을 거치지 못한 영향일 수도 있다. 선입견을 갖는 건 아니지만 어느 정도의 영향은 있다고 생각한다.

2021년 현재에는 춤과 관련 된 학과도 다양하게 생겨나고 있다. 많은 학생들이 춤을 전공으로 대학을 졸업하고 전문 분야로 취직을 하고 있으며 몇몇 댄서들은 대학교수를 병행하면서 춤을

추고 있다. 후배들의 노력이 대견하고 참 다행스러운 일이라 생
각한다.

그러나 나에겐 이미 늦은 일이다. 애증의 직업이었다. 좋아한
다는 이유만으로 평생 직업으로 삼기에는 어려움이 컸다. 한때는
이 직업을 선택한 내 자신을 한탄하기도 했다.

'괜히 춤췄어...' 라며.

갈 곳이 없는 것과
가기 싫은 곳을 가야 하는 것 중
어느 것이 더 슬픈 일일까?

17살에 시작한 댄서의 길.
하지만 스물한 살,
나는 처음 백수가 되었다.

인생의 관점

나는 재능이 많은 걸까?
한 가지 일만 하지 못하는 걸까?

대단한 사람

넌 참 대단하다. 직업이 대체 몇 개야?

많은 사람이 나를 보며 하는 말이야.
나는 정말 대단한 사람인 걸까?

내 시선에는 평생 한 가지 직업을 꾸준히 하는 네가
더 대단한 사람 같은데 말이지.

5년 정도 미친놈처럼 춤을 춰봤는데 말야.
그건 정말 내 길이 아니란 게 분명해 지더라.

만약 내가 춤이 아니면 못 살 것처럼 춤을 사랑했거나
미칠 듯 좋아하지 않았지만 타고난 실력이 기가 막히게 대단해서
기깔나게 춤을 잘 췄다면….

어쩌면 나는 여전히 춤을 추고 있었을지도 모르지.

하지만 난 그 두 가지 모두에 해당 사항이 없었어.

나는 사람이 좋았었나봐. 춤을 추며 만난 사람들과의 시간이 즐거웠고 무대에서 느끼는 희열이 좋아서 춤을 췄던 거 같아.

한편으로는 게임이나 드라마 같은 작은 것에도 중독되기 싫어하는 내가 춤보다 무대에 중독돼서 헤어 나오지 못하는 모습에 화가 나기도 했던 거 같아.

춤이 좋아야 계속 춤을 출 수 있는 거지

무대가 좋다고 계속 출 수는 없는 거잖아.

내 말이 맞는 거지?

군 복무 2년 동안 곰곰이 생각했어.

전역 후에 뭘 하면 좋을지를….

그러다가 생각한 게 타투였는데

다행히 타투이스트 생활은 경제적으로나 시간적으로 댄서보다는 훨씬 좋았어. 그때부터 시작한 일이 이래저래 10년이네.

하지만 일대일로 사람을 상대하는 일과 실수가 결코 용납되지 않는 부담감과 스트레스는 또다시 그 일을 포기하게 했어.

그 뒤에 부동산 일을 시작했지만 단점은 숨기고 장점만 부풀려야 하는 일이 도무지 극복되지 않아서 또 그만 둘 수밖에 없었고 말야.

무슨 말인지 알겠어?
나는 직업이 여러 개인 게 아니라 포기를 여러 번 한 거야.
이거 아니어도 먹고 살 일들은 수도 없이 많다는 걸 일찌감치 안 거지. 그뿐이야.
대단한 사람이 아니라 대단하지 못한 사람이라고.

굳이 한 가지 칭찬을 한다면
무슨 일이든 '이건 아니다~'라고 느꼈을 때 과감히 포기했던 거.
그거 하나만큼은 내가 봐도 대단해.

인생의 관점

무관심

사람들이 나에게

관심이 없다는 것을 알게 된 이유는,

내가 사람들에게

관심이 없다는 것을 알게 된 순간부터다.

남의 눈 의식할 것 없어.
왜냐고?
남들도 남한테 관심 둘 만큼 한가하지 않거든.

취하고 싶다

취하고 싶어.

하지만 술이 마시고 싶다는 말은 아니야.

아무 걱정 없던 그때는

소주 한두 잔에도 세상이 내 것 같았는데

이제는 빈 병이 이렇게나 쌓여도

어깨에 돌덩이가 얹힌 것처럼 무겁기만 하네.

내가 술을 잘 마시게 된 게 아니라

그저 취해도 정신 차려야 할 만큼

책임이 커진 거겠지….

술 한잔은
마음을 풀어주다가…

결국은
너를 생각나게 만들어…

의 자

하루 종일 뛰어놀고 돌아와
털썩 주저앉아 잠에 들던

때로는 식탁이고
때로는 서러움에 기대 앉아 서러운 눈물을 흘리던

나의 변화무쌍한 상태들을 모두 받아주다
보기 싫게 휘어져 버린

이제 고칠 수도 없고 앉을 수도 없는
하나뿐인 나의 의자는

평생 애태우게 한 나의 죄로
뜨겁게 타올라 한 줌의 재로

사라져 버렸다.

나는 내 의자를 그리워하며
차가운 바닥에 털썩 주저앉고 말았다.

인생의 관점

아마도
무슨 좋은일이 생기려는 걸꺼야...

미신

길을 걷다가
신발 끈이 풀렸다.

혹시,

잘못되는 거 아니겠지.
아닐 거야.

꼭 잘 됐으면 하는 일이라
울고 싶을 만큼 조바심이 났지만
신발 끈을 꽉 묶고
다시 일어나 길을 걸었다.

이제,
안 풀리겠지.

타임머신

스쳐 지나가는 어떤 노래와 어떤 향기는
이따금 나를 과거로 돌려놓는다.

그때 그 노래와 향기는 타임머신이나 다름없다.

비록 미래로 갈 수는 없지만
예상치 못한 순간에 기억 속 그때로 보내주는
사소한 존재들.

기억이 과학보다 위대한 순간들.

나머지

100, 50, 25 …….
하루에 절반씩 너를 잊고 있지만
결코 0이 될 수 없는
나에게 남겨질
너의 나머지.

세뇌

목줄 없이 주인과 산책하는 강아지가 주인에게서 1미터 이상 벗어나지 않고 함께 산책하는 걸 보면 그 모습이 참 신기하다. 행여나 거리가 멀어질까 한참 앞서가다가도 금세 걸음을 멈추고 뒤를 돌아본다. 그리곤 주인이 가까이 다가오면 다시 함께 걷는다.

분명 이곳저곳 뛰어다니며 냄새도 맡고 영역표시도 하는 게 본능인데 주인 곁에서 멀어지지 않는다. 그저 교육이 잘 된 것으로 생각도 되지만 나는 그 모습이 일종의 세뇌처럼 느껴지기도 한다.

자신과 거리가 벌어질 때마다 "안 돼! 이리 와!"라고 말하는 주인 옆으로 오도록 세뇌된 것 말이다.

주인에게서 멀어지지 않는 사랑스러운 장면이지만 오랜 시간 반려견과 함께 지내 온 나로서는 왠지 그 모습이 사랑스럽게만 느껴지지는 않았다.

강아지에게 목줄을 채운다는 건 남에게 피해를 주지 않기 위한 주인의 당연한 배려고 규칙이지만 강아지의 입장에서 보면 지정된 범위의 공간만 허용되는 게 자유롭지 못한 불행일 수도 있겠다는 생각이 든다.

그것이 불행인 줄도 모르고 그렇게 해야만 한다는 게 몸에 배어 주인 눈치만 보는, 이미 세뇌 당해져 버린 모습일 수도 있겠다는 생각. 새장 속의 새처럼, 동물원의 동물들처럼.

이런 아름답지만은 않은 현실의 모습들이 삶 속에도 곳곳에 묻어있다. 그리고 그것을 인지하지 못한 채 우리 역시 살아가고 있다.

나 또한 혹시 어떤 사람이나 어떠한 대상에 나도 모르게 세뇌되어 무의식중에 살고 있지는 않은지 생각해봤다. 그게 가족이든 애인이든 사람 사이 관계든, 종교든, 그 무엇이든.

그립다. 피치

멀리 있다가도 이름만 부르면 달려 와 주던 **피치**.

피치야~ 세 단어에 금세 내 옆으로 와있던 **피치**.

집에 혼자 있을 네 녀석 걱정에 학교가 끝나면
쏜살 같이 집으로 가게 만들었던 **녀석**.

다 큰 어른이 돼서도
퇴근 시간 집으로 내 발길을 돌리게 한 **너**.

신발을 냅다 내팽개치고 끌어안고
이야기보따리를 풀게 해준 **피치**.

알아듣지 못해도 괜찮았던…
말동무가 생긴 것만으로
어린 나를 그저 행복하게 만들어준 너.

공놀이를 좋아하던 피치.
그래서 언제나 입에 공을 물고 내 뒤를 쫓아 다녔던 녀석.
늘 함께였던 내 짝꿍.

하루 종일 같이 있는 날에도, 오랫동안 떨어져 있어도,
 집에 들어가는 날이면 가장 먼저 달려와 나를 안아주던…

나의 감정을 묵묵히 들어주던 존재.

처음이었다.
꼭 사람이 아니여도 자신의 감정을 전달할 수 있는 누군가,
혹은 무언가 있다는 건,
사람에게 이렇게나 중요한 일인가 보다.

잘 가.
사랑을 가르쳐 준 내 친구야

나의 전부였던 피치가 아프다는 연락을 받았을 때 실감이 나지 않았다. 수소문 끝에 용하다는 병원을 찾아 다녀봤지만 반응은 하나같이 같았다. 힘없는 피치를 안고 집으로 돌아오는 햇살 가득하던 그 길에서 기도드리고 또 기도드렸다.

제발 꿈이기를.

피치가 좋아하던 옥상으로 데리고 갔다. 부르면 달려오던 피치에게 이제 내가 가야 했다. 다음 날, 피치 옆으로 다가가 앉아 손을 내밀었다. 피치는 기다렸다는 듯이 한참 동안 나의 손을 핥아주었다.

"다녀올게. 이따가 보자."

지하철을 타고 30분쯤 지났을 때 형에게서 전화가 왔다.
피치가 죽었다고 했다. 아무 말도 나오지 않았다.

새벽, 집으로 돌아가는 택시 안에서 나는 울고 또 울었다.
살면서 그렇게 많이 울어본 날은 그날이 처음이었다.

하늘로 간 존재가 강아지가 아니라 사람이었다면 나는 그날 연습에 빠져도 아무도 뭐라 하지 않았을 거다. 그 어떤 사람보다 더 중요한 친구인 네가 강아지였으니 강아지가 죽어서 연습을 못 간다고 하면 누가 나를 이해해줄까….

사람이 아니라는 이유로 내 친구 곁으로 당장 달려가지 못하는 현실이 속상했고 그렇게 차갑고 낯선 곳에 그 친구를 혼자 보냈다는 죄책감 때문에 눈물을 멈출 수 없었다.

며칠 뒤, 피치는 작고 푸른 돌이 되어 돌아왔다.
메모리얼 스톤.

그건 내가 할 수 있는 마지막 선물이었다.
이쁜 상자에 담에 내방 가장 잘 보이는 곳에 사진과 함께 놓아

둔 친구. 사진 속 피치는 예전처럼 여전히 나만 바라보고 있다.

　나의 이야기를 들어주었던 유일한 존재가 사라지자
　모든 감정이 무너졌고 오랜 시간 우울증에 시달려야 했다.

· · · · · ·

　2020년 8월 18일.
　엄마, 아빠랑 식사를 하다가 가끔 네 얘기가 나오면 나도 모르게 1초 만에 눈물이 나와. 너무 미안해서.
　네 덕분에 배운 게 참 많아. 그 중에서도 가장 크게 배운 건 최선을 다해서 사랑한다는 게 어떤 건지 알았다는 거야.

그게 누구든. 내가 좋아하는 사람이라면
어떻게 하는 게 사랑인지 너를 통해
나는 누구보다 잘 알게 됐어.

사랑. 누군가를 열렬히 바라본다는 것.
그리고 변하지 않는 다는 것.
그게 어떤 건지.
어떻게 해야 하는 건지를 말야.

그래서 말야.
네가 가르쳐준 그대로
나 역시 언제나 너를 그대로 사랑하고 있어.
다 너한테 배운 덕분에 말야.

친구야.
우리 언젠간 꼭 다시 만나.

멋

강아지가 귀여운 이유는
스스로 귀엽다는 사실을
모르기때문이라고 생각해.
만약 강아지의 표정과 행동이
계획된 것이라면
아마 징그러울 거야.

그래서 난,
사람도 자신이 멋지거나
예쁘다는 걸 알고
열심히 뽐내는 순간
매력이 떨어지더라.

있는 멋 아무리 쥐어짜봐도
내면이 멋있는 사람과는
비교조차 할 수 없는 것처럼.

닫힌 마음

천사가 바빠 보내준 게 부모라고 했다.

어느 짐승이든 자신이 낳은 새끼라도 젖을 잘 물지 못하거나 선천적으로 몸이 약하거나, 병든 새끼는 본능적으로 알아차린다고 한다. 포유류과는 그 새끼를 물어 죽인다고 하고 날짐승은 둥지에서 떨어뜨리거나, 들짐승은 건강한 새끼들만 물어다 다른 곳으로 이동해 약한 새끼를 버린다고 한다. 다른 새끼들을 더 잘 보살피기 위한 선택이다.

짐승의 본능은 사람과는 다르지만,
자식에 대한 인간 부모의 사랑은 같은 결 안에 있는 것 같다.
자식을 위해서라면 무슨 일이든 다 하는 것이 부모이기에.

설령, 옳지 못한 방법이나 선택이라도 부모의 생각과 경험과 가
치 안에서는 아마도 그게 최선이었을 것이다.

부모라는 존재는, 너무 바쁜 천사가
아이를 일일이 돌 볼 수 없어
자기 대신 보내 준 존재니까….

엄마의 야근

어린 시절부터 부모님은 맞벌이였다. 아빠는 여성복을 만드는 패턴 일을 하셨고 엄마는 아빠에게 배운 작은 기술로 옷 공장을 다니셨다. 두 분 모두 7시가 넘어야 퇴근이었지만 아빠는 늘 술에 거나하게 취해 밤늦게 들어오셨다. 엄마가 일하셨던 공장은 야근이 너무 잦아서 밤 10시가 넘는 건 기본이었고 더 늦는 날에는 11시가 다 돼서야 집에 오시곤 하셨다.

학교가 끝나고 집으로 돌아온 내가 하는 첫 번째 일은 거의 매일 우는 거였다. 어린 시절, 그때는 혼자 있는 게 정말 외롭고 싫었다. 오후 3시 즈음 집으로 걸어가는 길부터 마음은 이미 울 준비를 하고 있었던 꼬마였다.

문을 열고 집에 들어가면 아무도 없을 거라는 그 쓸쓸함이 서글펐다. 친구들과 떠들며 걷다가 헤어져야 할 지점에 다다르고 작별 인사를 나누고 나면 불안함은 시작됐다. 최대한 느리게 집으로 걸어갔고 도착하면 가방을 던져놓고 방구석에 앉아 한참을 훌쩍였다. 방에서 새어 나오는 울음소리에 옆집 아저씨가 들러 잠깐씩 위로를 건네 준 날도 많았다. 울다보면 내 모습이 불쌍했다. 더 운다고 달라질 게 없다는 마음이 일면 곧장 엄마의 공장으로 전화를 걸곤 했다.

정상적인 엄마의 퇴근 시간이야 알지만 혹시 오늘도 야근을 하게 되는지 확인해야 했다. 엄마의 퇴근 시간을 알아야 마음이 안정됐고 그나마 울음을 완전히 그칠 수 있었다. 내가 전화를 걸 때마다 받아주시던 엄마의 직장동료도 그 시간에 걸려오는 전화는 항상 나라는 걸 알고 있었다.

"엄마 언제 와? 오늘도 야근해?"
"응. 금방 갈 거야. 밥 챙겨 먹고 있어."

엄마의 대답을 늘 똑같았다. 침착했고 안정적이었으며 목소리에 흔들림이 없었다.

통화를 끊고 냉장고를 열어 고픈 배를 채우는 일은 두 번째 일과였다. 반찬은 늘 비슷했다. 김과 김치와 찌개. 근래 내가 먹는 모습과 크게 다르지 않다. 아침 일찍 출근하고 밤늦게 집에 오셨던 엄마는 요리에 많은 신경을 쓸 수가 없었다. 밥은 언제나 콩이 들어간 질은 밥이었고 찌개는 김치찌개나 된장찌개 둘 중 하나였다.

늘 혼자 밥을 먹어야 했던 나는 쉬운 저녁밥 메뉴 하나를 터득했다. 김밥용 김 위에 밥을 올리고 간장과 참기름을 골고루 뿌린 뒤 그대로 돌돌 말아서 먹는 거였다. 반찬이 없는 날의 주 메뉴였고 그건 생각보다 맛있었다. 하지만 일주일 내내 먹다 보면 싫증이 나는 건 어쩔 수 없었다. 다음날도 그 다음날도 똑같은 일과의 반복, 울다가 그치면 엄마의 공장으로 전화를 걸었고 김 한 장에 밥을 말아 먹었다.

"엄마, 오늘은 언제 와?"
"엄마 오늘 야근이야. 밥 먹고 먼저 자고 있어."
"엄마, 나 오늘 짜장면 시켜 먹어도 돼?"
"그래. 돈은 내일 드린다고 하고 시켜 먹어."

인생의 관점

한 달에 한 번 정도였다. 이유는 정확히 모르지만 중국집에 배달을 시키는 일은 너무 떨렸다. 외상으로 짜장면 하나를 시키는 어린아이가 귀여웠던 건지 아니면 가여웠던 건지 사장님은 언제나 흔쾌히 들어주셨다.

늦은 밤이 되고 엄마가 오면 잽싸게 돈을 받아 설거지를 마친 그릇을 들고 냅다 중국집으로 갔다. 밤 10시. 식당은 마감준비에 한창이었다. 사장님은 기다렸다는 듯이 나를 알아보시고 웃으며 내 머리를 쓰다듬고는 요구르트 하나를 건네 주셨다.

"어이구 설거지까지 해왔네."
그날 이후로도 나는 여러 번의 요구르트를 얻어먹었다.

서른이 훌쩍 넘고 엄마가 그때의 기억을 꺼내 얘기한 적이 있다. 굳이 설거지까지 해가며 그릇을 가져다줬던 내 모습이 우스웠다며 한참을 웃으신다. 그리고 잠시 후 무뚝뚝한 엄마의 한마디에 가슴이 먹먹해졌다.

"사실 그때 공장에서 니 전화 받을 때마다 가슴이 너무 아팠어.

어린 애를 혼자 두고 일만 하러 다닌 게 너무 마음에 걸렸어.

근데 어쩔 수 없었지. 돈을 벌어야 했으니까…."

코끝이 찡해졌지만, 나는 아무 대답도 하지 못했다.

마음에 뜨거운 무언가가 울컥 올라오는 게 느껴지지만

들킬세라 아무렇지 않은 척 티비 화면 속으로 시선을 돌렸다.

그리고 속으로 답했다.

'미안해하지 마요. 엄마. 괜찮아요.

그때는 그럴 수밖에 없었잖아요.'

철없는 아들

아직 30대인 나도 삶과 죽음이 얼마나 허무한 일인가에 대해서 한참을 생각해보곤 한다. 그러다 가끔은 죽는 것도 그리 나쁠 것 같지 않을 만큼 사는 게 허무할 때도 있다.

흰머리 하나에 놀라는 젊은 우리와 달리, 동네 마트에서 산 염색약으로 혼자 하는 염색이 일상이 돼버린 부모님들도 분명 우리와 같은 시절이 있었을 텐데.

집 안에서 엄마는 오늘도 바쁘다.

엄마는 시계를 보더니 허겁지겁 나에게 밥을 차려주신다.

밥을 먹으라는 말과 동시에 빨래와 설거지를 하고 청소기를 돌리면서 틈틈이 누군가와 통화도 계속하신다. 가만히 누워서 TV를 보는 아버지와 어쩜 이렇게 상반된 모습인지 밥 먹는 내내 마음이 편치 않다.

집안일이 다 끝나가나 싶다가도 또 다른 새로운 일거리가 생겨나는 마법 같은 현상. 그러다 엄마가 던진 한마디.

"내가 죽고 나면 이런 거 제때 치우려나 몰라."

그 말을 들은 아빠는 잠시 침묵하더니 작은 목소리로 한마디 뱉는다. "안 죽으면 되지!"

철없는 아들은 오늘도 철이 없다.
집안일 걱정하지 말고 두 분 다 아프지만 않았으면 좋겠는데.

두 아들

엄마 핸드폰 용량이 꽉 차서
내가 정리를 해드리는데
형과 나를 저장한 이름을 본 거야.
그런데 말이지,

형은 "큰아들♡"
나는 "동진"
이렇게 돼 있더라고.

이거 엄마한테 따져야 할까?

part 06

그렇게 살고 싶다

아무도 모르게

야심한 밤, 아무도 없는 골목을 걷다가
주차된 차량 옆을 지나는 순간
갑자기 울리는 시동 소리에 화들짝 놀란 적이 있어요.

그 후로 차에서 시동을 걸 때 근처에 사람이 있는지부터 확인
하게 돼 버렸어요. 제가 놀라봐서 그때의 기분이 얼마나 불쾌했
는지 아니까요.

새벽, 택시를 잡는데 꽤 오랜 시간 택시가 잡히지 않았어요.
그러다 택시가 또 한 대 다가왔어요. 택시 안에는 역시나 손님이
있었어요.

'이번에도 꽝이구나.'

두리번거리다 방금 지나간 택시가 눈에 들어왔어요.

제가 서 있던 곳에서 50 m 정도 지나간 택시가 멈춰 서더니 손님이 내리고 택시는 훌쩍 가버리더군요. 참 아쉬웠어요.

그 후로 택시를 타고 가다가 목적지에 가까워질 때쯤 창문 밖으로 택시잡는 손님이 보이면 그 자리에서 세워달라고 하게 돼요.

그곳에서 제가 내리면 택시를 기다리던 사람은 조금 더 일찍 집에 갈 수 있고 기사님은 조금 더 매출을 올릴 수 있을 거 같아서요. 제가 조금만 걸으면 되니까요.

그런 저를 이해하지 못하는 거 알아요.

알아요. 무슨 말을 하려는지.

하지만 저는 이래야 마음이 편해요.

아마 지금의 저도 누군가의 배려 덕에

눈치도 채지 못하고

이렇게 무사히 살아가는 중일지도 모르거든요.

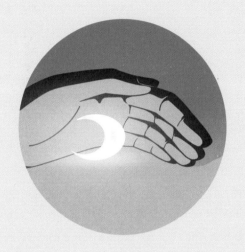

배려는
우리 모두를 따뜻하게 지켜주는
촛불이 아닐까…

그렇게 살고 싶다

그리울 필요가 없는,
그래서 아쉬운

초등학교 하교 시간에 맞물려 학생들 사이에 뒤섞여 걷게 될 때가 있다. 그럴 때면 동심으로 돌아간 것만 같고 어려진 기분이 든다. 미소가 지어지고 일부러 천천히 발을 맞춰 걷는다.

내 어린 시절과 달라진 건 아이들 손에 하나씩 들려있는 핸드폰. 아마도 지금의 아이들은 세월이 지나 연락이 끊겨버린 보고 싶고, 찾고 싶은, 그리운 친구들을 잃어버리는 일은 없을 것 같다.

그리운 누군가를,
더 이상 그리워 할 필요가 없는 시대의 아이들.

그리움이라는 게,
아련한 슬픔이 베인 것 같은 감정인 것 같다가도
어른이 돼 가면서 딱딱해져 가는 심장에는
어쩐지 꼭 필요한 영양제 같을 때도 있다.

얇게 긁힌 스크래치가 많은 심장일수록
뜨거운 온도는 더 지속되는 것 같기에….

그렇게 살고 싶다

감정

수십 권 책을 읽어도
그 안의 모든 내용이
나를 치유해주지는 않아.
그 시절 나의 상황과 감정에
가장 와 닿았던 단 한 줄이
마음을 녹이는 거지.

사람도 마찬가지야.
수많은 인연을 만나고 헤어쳐도
내가 초라하고 힘들 때
묵묵히 곁을 지켜줬던 사람의 뜨거웠던 눈빛과
내 귀에 가장 따뜻했던 그 목소리만
오래도록 남아 있는 거야.

하지만

상황과 감정은

계속 변하기 때문에

읽었던 책과 봤던 영화도

다시 보면 또 다른 느낌으로 다가오듯,

사람도 단 한 번으로 쉽게 판단할 수 없는 거 같아.

어쩌면 너는 나를,

나는 너를

잘 못 보고 있는 건지도 모르거든.

나는 언제쯤
철이 들려나...

어른이

어른이 되고 깨달은 게 하나 있다.
'아, 나는 아직 어린 애구나!'

지금껏 내가 봐왔던
그리고 내가 생각했던 어른들은
진짜 어른이 아니었다.

그저, 나이 많은 어린이였다.

그렇게 살고 싶다

미아동

운전을 하다 보면 어릴 적 살았던 동네를 지나갈 때가 생긴다. 그럴 때면 속도를 낮추고 창밖을 천천히 바라보게 된다.

아주 짧은 그 순간, 순식간에 어린 시절로 기억은 돌려지고 잠깐이지만 아련함이 스친다. 하지만 그 아련함은 오래가지 못하고 다시 현실로 돌아가 버린다.

어릴 적 내가 살던 곳은 지금 내가 사는 곳과 30분도 채 걸리지 않는 거리였다. 이 가까운 곳에 오기가 왜 이리 힘든 걸까.

잠시 스치기만 해도 향수에 젖게 해주는 그 거리들. 낯선 듯 익숙하게 변해버린 생명 없는 건물들 사이로 진한 내 어린 시절이 살아 움직이는 것 같은 느낌을 주는 그 곳.

우리 가족이 살았던 5층짜리 낡은 아파트는 20층 높이의 새 아파트로 변해있었다. 그래도 곳곳에 보존된 빌라들이 있어서 조금씩 기억이 되살아났다. 다행히 딱 한 곳, 학교갈 때 다니던 지름길 골목은 그대로였다. 반가웠다. 타임머신을 타고 과거로 돌아온 것만 같았다.

그러자 금세 그곳에서 뛰놀던 어린 시절 내가 보였다. 등굣길, 하굣길, 깔깔거리며 친구들과 장난치던 내 모습. 친구들과 헤어지고 바닥에 돌멩이를 발로 툭툭 차며 집으로 걸어가던 모습들.

햇볕이 강하게 내리쬐던 초 여름날 오후 두 시였다. 미아동 골목에서 30년 전의 나를 만난 38살의 나. 코끝이 찡해졌다. 돌아갈 수 없는 그때, 죽기 살기로 열심히 사느라 자신은 챙기지 못했던 부모님의 안타까운 모습이 보여서였을까. 아니면 외로움이 익숙해진 채 아무 걱정 없이 뛰놀던 내가 그리워서였을까. 복잡한 감정에 나도 모르게 눈물이 흘렀다.

그리고 잠시나마 행복했다. 다시 또 찾아오겠다는 혼자만의 약속을 하고 집으로 돌아왔다.

미래의 걱정보다는 과거의 회상과 추억이 나에겐 더 소중하다.

그렇게 살고 싶다

지금, 이 글을 쓰고 있는 순간도 과거가 될 것이고 추억으로 남겨질 것이다. 내가 살아온 모든 날은 소중하다. 비록 그날들이 슬프고 외로웠을지라도.

앞으로 살아갈 날들에 펼쳐질 나의 시간도

소중히 기억하는 사람이고 싶다.

연탄 봉사

내가 사는 집에서 멀지 않은 어느 달동네로 연탄 봉사활동을
갔다. 서울에서는 점점 사라지고 있는, 독거노인 분들이 살고 있
는 작은 마을.

평소처럼 어깨에는 지게를 메고 양손에는 연탄을 들고 가파른
언덕을 오르기 시작했다. 영하의 온도에 코와 귀는 금세 빨개지
고 거친 숨에서 나오는 입김은 내 앞길을 방해했다. 연탄 하나의
무게는 3.65킬로그램. 사람을 따뜻하게 해준다는 의미로 36.5
도의 체온과 같은 무게로 만들어졌다고 한다.

턱 끝에서는 땀방울이 떨어지고 등줄기로 흐르는 땀이 티셔츠
를 적셨다. 몸을 숙여 좁은 대문 안으로 들어가 허름한 창고 안에

연탄을 한 장씩 쌓아 놓고 다시 대문 밖으로 나왔다.

그러자 기다렸다는 듯 주인 할머니가 따라 나오셨다. 할머니는 양손에 커다란 쟁반을 들고 나오셨고 쟁반 위에는 캔 음료가 가득 놓여있었다.

"총각, 이것 좀 마시고 가. 매번 고마워서 어째스까잉~"

캔 음료 하나를 건네받았는데 얼음장처럼 차가웠다. 추운 겨울에 이렇게 차가운 음료를 주신 게 약간은 당황스러웠다. 하지만 너무도 갈증이 났던 터라 음료를 단숨에 들이켰다.

평소에 탄산음료를 거의 먹지 않는데 이상하게 그날은 입에서 떨어지질 않았다. 절반 정도 마셨을까, 언덕 옆으로 땀을 뻘뻘 흘리며 지나가는 친구가 눈에 들어왔다. 친구를 불러 세웠다. 만약에 친구가 없었다면 한 방울도 남기지 않고 단숨에 들이켰을 것이 분명했다. 남은 음료를 친구에게 건넸다. 친구도 갈증이 심했는지 허겁지겁 들이키더니 나와 눈이 마주치고는 실실 웃기 시작했다.

사막에서 오아시스를 만나면 이런 느낌일까. 그때의 미소는

그렇게 살고 싶다

서로 말하지 않아도 충분히 느낄 수 있었다. 할머니께 감사의 인사를 드리고 지게를 메고 다시 연탄을 나르기 시작했다.

남아있는 수백 장의 연탄을 나르는 동안, 그리고 연탄을 모두 마치고 집으로 돌아가는 순간까지도 할머니가 주신 음료의 달콤함이 잊히지 않았다.

봉사활동을 갔다가 도리어 내가 더 큰 봉사를 받은 기분이었다. 그 맛이었다. 그 맛에 봉사하는 거였다. 남을 돕기 위한 것이 물론 우선이지만, 그것은 결국 나를 위한 것이 아닐까 하는 생각이 들었다. 그리고 할머니는 이미 오래전부터 알고 계셨던 거 같다. 지금까지 나눠주셨던 차가운 음료들은 절대 차가운 것이 아니라 아주 따뜻한 할머니의 마음이었다는 것을.

좋은 사람

마음을, 배려를 받아주지 않는 사람을 미워하지 않는다.
다만 상냥하게 받아주는 사람이 더 좋다.
마지못해 받고서 바로 버리는 사람 말고
잠깐이라도 아는 척해주는 사람.
고맙다는 따뜻한 말 한마디라도 건네주는 사람이 좋다.

지금 보이는 모습만으로 사람을 판단하거나 무시하지 않는 사람.
나 역시 나약한 존재라는 것을 아는 사람.

사람과 사람 사이에 차가운 등을 보이는 사람 말고
가벼운 눈인사와 함께 내밀어주는,
따뜻한 손을 가진 사람이 좋다.

부디 오래 먹고 싶다.
엄마 집밥.

엄마의 머리카락

주위에서는 나를 보고 모두 같은 말을 한다.

머리카락이 나왔다는 것은 위생에 신경을 쓰지 않는 거라며 꼭 말을 해야 한다고.

하지만 나는 그냥 내가 허용할 수 있는 범위를 나만의 기준으로 정한 것뿐이다. 별다른 이유는 없다.

사람은 누구나 실수를 하며 그것이 고의가 아닐 것이라는 판단.

그리고 나를 가장 사랑하는 우리 엄마가 해주신 음식에도 머리카락은 나오기 때문이다.

앞으로 언젠가 다시 발견될 엄마의 머리카락이 하얗게 변해있다면 그것이 더욱 컴플레인을 걸고 싶은 마음 아픈 상황이지 않을까??

그렇게 살고 싶다

삶의 방식

삶은 수학과 다르게 명확한 정답이 없습니다.

그러니 법을 만든 것이고 우리는 법을 지키며 살아갑니다.

그러나 법을 제외한 우리의 삶은 늘 해답을 찾지 못한 채 살아가고 있죠.

예수님의 방식과 부처님의 방식, 부모님의 방식과 선생님의 방식들을 듣고 배우며 그 방식에 맞춰 노력도 해보지만, 말처럼 쉽지 않습니다. 그리고 그들의 방식은 나와는 맞지 않는 경우가 대부분입니다.

왜 그렇게 살아야 하지?

내 삶을 왜 남이 정해주는 거지?

내 삶의 방식은 내가 만들어가야 합니다.

남한테 의지하지 마세요. 스스로 판단하세요.

당신은 충분히 그럴 수 있는 지혜를 가진 사람입니다.

도움을 받을 땐 감사히 받되, 그 은혜는 절대 잊지 마세요.

도움을 주는 사람도 누군가의 도움이 필요하기 때문에 돕는 것
입니다.

그렇게 살고 싶다

멋과 맛

인간은 외유내강
음식은 겉바속촉

위험한 판단

사람들을 만나다 보면 이런 얘기를 종종 듣는다.

"그 사람, 알고 보면 좋은 사람이야."

그러나 내가 생각하기엔
웬만큼 돈독한 사이가 아닌 이상
사람을 잘 안다는 건 무엇보다도 어려운 일이다.
나 자신도 내가 좋은 사람인지 나쁜 사람인지 모르고 사는 마당
아닌가.

그러니 누군가를 판단할 때
남의 말만 듣고 판단하는 일은 없어야 할 것 같다.

그렇기에 누군가에게 사람을 소개할 때는
칭찬이든, 험담이든, 어떠한 것도 하지 않아야 할 것 같다.

술기운에 취해 혹은 분위기에 휩싸여
앞에 있는 사람을 함부로
좋은 사람이라 판단하지 말자.

쓰레기

쓰레기 같은 너도
친구가 있는 걸 보면
그 친구는 천사일까.
아니면,
똑같은 쓰레기일까.

쓰레기더미 같은 사람은 만나지 말기로 하자!

세 개의 체

어떤 사람이 소크라테스를 찾아와 말했다.

"이봐, 방금 자네 친구에 대해 어떤 얘기를 들었는데 말이야……."

소크라테스가 그의 입을 막았다.

"잠깐만! 내게 그 얘기를 해주기 전에 세 가지 질문에 답해줬으면 좋겠네. 세 개의 체라는 질문일세."

"세 개의 체?"

"나는 타인에 대한 얘기를 듣기 전에는 우선 사람들이 말할 내용을 걸려 내는 게 좋다고 생각한다네. 내가 [세 개의 체]라고 부르는 시험을 통해 서지. 첫 번째 체는 진실의 체일세. 자네가 내게 얘기해줄 내용이 진실인지 확인했는가?"

"아니. 그냥 사람들이 말하는 걸 들었을 뿐이야."

"좋아. 그럼 자네는 그 얘기가 진실인지 모른다는 말이군. 그럼 두 번째 체를 사용하여 다른 식으로 걸려 보세. 이번에는 선(善)의 체일세. 내 친구에 대해 알려 줄 내용이 뭔가 좋은 것인가?"

"천만에! 그 반대야."

"그럼 자네는 내 친구에 대해 나쁜 것을 얘기해 주려하고 있군. 그것이 진실인지 아닌지 확실히 모르면서 말이야. 자, 이제 마지막 시험, 즉 유용성의 체가 남아 있네. 사람들이 내 친구가 했다고 주장하는 그것을 내게 말하는 것이 유익한 일인가?"

그렇게 살고 싶다

"뭐, 꼭 그렇다고는 할 수 없네."

그러자 소크라테스가 이렇게 말했다.

"그렇다면, 자네가 내게 알려 주려는 게 진실도 아니고, 선하지도 않고, 유익하지도 않은 일이라면 왜 굳이 그걸 말하려고 하는가?"

– '베르나르 베르베르'의 상상력 사전 中에서

친구!
그렇다면 왜 굳이
그걸 말하려는 건가?

"..."

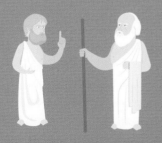

습관

좋은 것이든 나쁜 것이든
사람은 누구나 자기만의 습관이 있다.

좋지 않은 습관을 해가 되는 줄 모르고
고치지 않으면 삶이 달라진다.
사소한 습관도 나쁜 습관이라면
버릴 때 삶은 더 나은쪽으로 달라질 것이다.

둘 중 어떤 방식으로 삶을 살아갈지 결정하면 된다.

행복했으면 좋겠다

앞날의 행복을 위한 꿈은 잠시 접어두고
지나온 아름다운 날들을 기억해.

사랑이 끝나버린 가슴 아프고 슬펐던 일도
이별 전에는 행복했잖아.

넘어지고 무너져도
곁에서 함께해 준 고마운 사람들이 있었잖아.

지나온 날들의 행복을 기억한다면
힘들기만 한 것 같은 지금, 이 순간도
분명 소중하고 행복한 순간으로 남겨질 거야.

행복은 네가 경험하는 것이 아니라 네가 기억하는 것이니까.

– 오스카 레반트

그렇게 살고 싶다

잘 생각해 보자···
그럴만한 이유인지···

이유

그러면 안 되는 걸 알면서
계속해서 그러고 있다면
그럴만한 이유가 있어서겠죠.

여기까지는 당신을 응원합니다.

그러나 그 이유를 이해시켜 줄
확실한 이유가 필요해요.

만약 그 이유가 없다면
더는 그러지 마세요.

거기서 그만 멈추는 게 좋아요.

그렇게 살고 싶다

실패

나의 실패를 사랑한다.
실패가 없었다면
용기도 희망도 알지 못했다.

실패는, 넘어진 나에게
다시 일어나 달릴 수 있는
용기와 희망을 주었다.

당신에게 지금 실패가 있다면 감격해도 좋다.
꾸준히 무엇인가에 도전하고 있다는 증거이기 때문이다.

결국엔 그 꿈이 실현될테니까…

외모지상주의의 폐해

전 세계에서 멸종 중인 동물 중 대다수가 못생긴 동물이라고 한다. 동물을 연구하는 단체에서 신비롭고 아름다운 동물을 먼저 연구하고 보존하기 때문이란다.

이런 통계를 처음 접했을 때, 잘생김과 못생김의 기준이 명확히 있는 것도 아닌데 어떻게 이런 연구가 진행된건지 납득이 어려웠다.

하지만 안타깝게도 이런 현상은, 반려동물을 찾는 우리에게도 쉽게 일어나는 것 같다.

비싼 돈을 들여가며 순수한 혈통을 찾는 사람들. 영리하지 못하거나 못생기거나 말을 듣지 않는다는 이유로 버려지는 동물들. 사람들은 본능적으로 함께 할 동물을 외모를 보고 선택한다.

그 심리를 이용해 불법적인 개 농장과 고양이 농장이 생겨난다. 좁은 철장 안에 갇혀 평생 새끼만 낳다 죽는 그 불쌍한 생명을 위해서라도 우리는 꼭 다시 생각해볼 필요가 있다.

내가 함께 할 반려동물의 외모가 그렇게나 중요한지를 말이다.

유기견 보호소에는 수많은 동물이 새로운 삶을 꿈꾸고 있다.

그러나 신체의 일부가 장애라는 이유와 예쁜 외모가 아니라는 이유로 새로운 주인을 찾지 못한 채 하루에 수십 마리씩 안락사되고 있다.

인류의 의학기술은 나날이 발전해 무병장수와 아름다운 외모로 변해가고 있다. 먼 훗날 인류는 지금보다 평균 신장도 높아지고 외모도 더 아름다워지리라 예측된다.

이런 현상은 인류의 발전일까? 아니면 외모지상주의의 폐해일까?

부디 아무런 죄가 없는 동물들은 지금의 모습 그대로 보존되길 바랄 뿐이다.

그렇게 살고 싶다

사 람

사람들을 알아가는 게
참 좋았는데

사람을 알게 되니까
참 무섭구나.

그렇다고
인연을 만들어 가는 걸
마냥 피할 수만은 없잖아...

축의금

결혼식에 축의금.

꼭 받은 만큼 갚아줘야 하는 걸까? 결혼한 친구들은 하나같이 똑같은 얘기를 한다. 결혼식 후에 친구를 만나면 그 친구의 얼굴에서 축의금 액수가 보인다고.

그런 얘기를 들으면 인간이 얼마나 무서울 정도로 계산적인지 새삼 느낀다. 축의금을 많이 내면 친한 사이가 되고 축의금을 적게 내면 덜 친한 사이가 되어버리는 믿기 힘든 사실도 한몫한다.

내가 결혼을 하게 된다면 나 역시 축의금 액수로 그 사람과의 친밀도를 따지게 될까? 너도 분명히 그럴 거라고 친구들은 입을 모아 말하지만 나는 강하게 부정하고 싶다.

우리는 각자 경제적인 여건이 모두 다르고, 내가 상대를 생각하는 크기와 상대의 평가는 다르기 십상이다.

그렇게 살고 싶다

내 결혼식에 그 사람이 왔는지, 축의금을 얼마나 냈는지는 중요하지 않다고 생각한다.

내가 정말 아끼고 사랑하는 친구가 내 결혼식에 오지 않거나 축의금을 아무리 적게 낸다 해도 나는 그 친구를 생각하는 마음이 조금도 변하지 않을 자신이 있다. 진심으로 축하해주는 마음이 진심으로 느껴진다면 그깟 액수가 뭐 그리 중요할까!

그러니까 친구야.

형편이 어려우면 조금만 하면 되고 여유가 있다면

하고 싶은 만큼 해.

축의금 따위 조금 적게 냈다고 서운해 할 친구라면

걔는 그냥 그런 친구였던 거야.

그러니까 얼마를 냈을지 신경 곤두세우기 보다

그 친구가 내 결혼을 진심으로 축하해주는 것에 감사하자고.

여행

여행에서 만난 사람과 나누는 대화는 대부분 여행 얘기지만
인생에 단 한 번 마주칠 거라는 안심 때문에 누구에게도 하지
못한 이야기를 하게 만든다. 하지만 한껏 편안하게 나눈 순수한
대화들은 마음속에 담기지만 여행이 끝나 현실로 들어오면 자연
스레 사라져 있다.

여행은 많은 감정을 일으키고 스쳐가지만 강렬한 인연을 만든
다. 하지만 여행의 인연이란 결국 한정된 인연의 엉킴 속 에피소
드다. 그러니 여행에서 느끼는 친절함과 불친절함에 기분 상해할
이유도, 괜히 더 즐거울 필요도 없는 셈이다. 그것 또한 그저 여
행의 일부니 말이다.

삼십 분씩 줄 서서 먹는 만 오천 원짜리 맛 집보다 허름하고 인
적 드문 팔천 원짜리 식당이 열 배는 더 맛있을 때도 있다. 어느
날 내리는 비는 가슴을 아프게 할 때도 있고 왠지 모를 쓸쓸함으

로 나를 가득 메워 버리기도 한다.

하지만 어느 날의 비는 평소에 느끼지 못했던 감수성 가득한 여유의 감성을 맛보게 할 때도 있다. 여행도, 이런 저런 색의 하늘과 비 혹은 눈으로 마음을 더 다채롭게 이끌어 줄 때가 많다. 자연이 마냥 감사해지는 이유다. 어떤 식이든 경험은 축적되고 머리는 가벼워지는 게 철들어 가는 과정인 듯하다. 사진은 화면으로 남지만 담지 못한 모든 장면은 기억에 남는다.

그렇다.
여행은 '누구'로 출발해서
'나'로 돌아오는 것이다.
더 이상의 흥미도, 갈 곳도 없다고
느낀다면 그것은 죽은 것과 다름없다.

우리 모두는 자신의 삶을 여행하고 있는 초보 여행자들이니까.

가끔은
말 못하는 존재들이 부러워.

서로의 마음에
상처 줄 일은 없잖아.

그곳

덜 주려는 마음과
더 받으려는 마음이
공존하는 곳이라면
더 이상 그곳에 있을 필요 없어.
사랑이 존재하지 않는 곳이니까.

지금 네가 있는 곳은 어떤 곳이니?

그렇게 살고 싶다

지금, 너는 어때?

의미의 위치

너 뭐해?

. . . . . .

무엇을 하고 있는지 보다
그 무엇을 하는 동안의
네 감정상태가 어떤지가
더 중요하다고 봐.

오늘 밤은 너랑
소주 한잔 하고 싶어

초판 1쇄 인쇄 2021년 6월 14일
초판 1쇄 발행 2021년 6월 23일

지은이   이동진
그림   박혜

펴낸곳   스노우폭스북스
편집인   서진

편집도움   양은경, 성주영, 강민경, 박정아, 김영희

마케팅   구본건 김정현 이민우
영업   이동진

디자인   강희연

주소   경기도 파주시 광인사길 209, 202호
대표번호   031-927-9965
팩스   070-7589-0721
전자우편   edit@sfbooks.co.kr
출판신고   2015년 8월 7일 제406-2015-000159

ISBN   979-11-91769-00-5 (03810)